金瓶梅詞話

萬曆本

二十

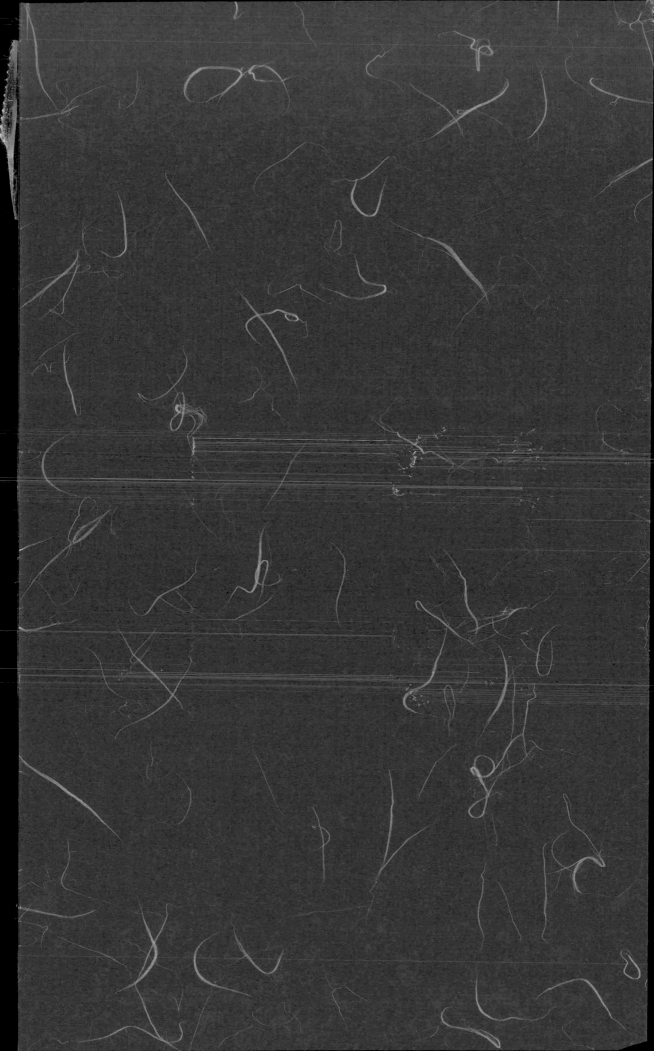

第九十五回

玳安兒竊玉成婚

吳典恩負心被辱

第九十五回

平安偷盜假當物　薛嫂喬計說人情

有福莫享盡。福盡身貧窮。
有勢莫倚盡　勢盡冤相逢。

格言

福宜常自惜　勢宜常自恭。
人間勢與福。有始多無終。

話說孫雪娥。賣在酒家店爲娼。不題話分兩頭。却說吳月娘自從大姐死了。告了陳經濟一狀到官。大家人劉昭也死了。他妻一丈青。帶着小鐵棍兒也嫁人去了。來興兒看守門戶。房中繡春與了王姑子。做了徒弟。出家去了。那來興兒自從他媳婦惠秀死了。一向沒有妻室。奶子如意兒要便引着孝哥兒在他屋裡頑耍吃東西。來與兒又打酒和妳子吃。兩箇嘲戲勾來去。就刮剌上了。非止一日。但來前邊歸入後邊。就臉紅。月娘察知其事。罵了一頓。家醜不可外揚。與了他一套衣裳。四根簪子。一件銀壽字兒。一件梳背兒。揀了箇好日子。就與了來與兒完房。做了媳婦子。白日上灶。看哥兒。後邊扶侍。到夜間往前邊他屋裡睡去。一日八月十五日。月娘生日。有吳大妗。二妗子。并三箇姑子。都來與月娘做生日。在後邊堂屋裡吃酒。晚夕都在孟玉樓住的廂房內。吳大妗二妗子。三箇姑子。同在一處睡聽宣卷到二更時分。中秋兒便在後邊灶上看茶。由着月娘叫。都不應。月娘親自走到上房裡。只見玳安兒正按着小玉。在炕上幹得好。看見月娘推開門進來。慌的湊手脚不迭。月娘便一聲兒也沒言語只說得一聲賊臭肉不在後邊看茶去那屋裡師父宣了這一日卷要茶吃且在這裡做甚麼哩那小玉道中秋兒灶上我教他頓茶哩低着頭往後邊去玳安便走出儀門往前邊來過了兩日大妗子二妗子三箇女僧都家去了這月娘把來興兒房騰出收拾了與玳安住却教來興兒搬到劉昭屋裡看守大門去了替玳安做了兩床鋪蓋做了一身裝新衣服盔了一頂新網新帽做了雙新靴襪又替小玉張了一頂鬏髻與了他幾件金銀首飾四根金頭銀腳簪環墜戒指之類兩套段絹顏色衣服擇日完房就配與玳安兒做了媳婦白日裡還進來在房中荅應月娘只晚夕臨關儀門時便出去和玳安歇去這了頭揀好東好西甚麼不拏出來和玳安吃這月娘當看見只推

不看見。常言道。溺愛者不明。貪得者無厭。羊酒不均。駟馬奔鎮
處家不正。奴婢抱怨。却說平安兒見月娘把小玉配與玳安。做
了媳婦兒。與了他一間房住。衣服穿戴勝似別人。他比玳安倒
大兩歲。今年二十二歲。倒不與他妻室。一間房住。一日在假當
鋪。看見傅夥計。當了人家一副金頭面。一柄鍍金鈎子。當了三
十兩銀子。那家只把銀子使了一箇月。加了利錢。就來贖討。付
夥計同玳安尋出來。放在鋪子大櫥櫃内的。不隄防。這平安兒
見財起心。就連匣兒偷了走去南瓦子裡。開坊子的武長腳家。
有兩箇私窠子。一箇叫薛存兒。一箇叫伴兒。在那裡歇了兩夜。
忘八見他使錢兒猛大。匣子蹙着金頭面。撇着銀挺子。打酒與
搗兒買東西。戳與土番。就把他截在屋裡。打了兩箇耳刮子。就

拏了。也是合當有事。不想吳典恩新陞廵檢。騎着馬。頭裡打着一對板子。正從街上過來。看見問拴的甚麼人。土番跪下。稟說如此這般。拐帶出來。在于裡宿娼。拿金銀頭面行使。小的可疑拿了。吳典恩分付與我帶來審問。一面拿到廵檢廳兒內。吳典恩坐下。兩邊弓兵排列。土番拴平安兒到根前。認的是吳典恩。當初是他家夥計。已定見了我就放的。開口就說。小的是西門慶家平安兒。吳典恩道。你既是他家人。拿這金東西。在這坊子裡做甚麼。平安道。小的大娘借與親戚家頭面戴。使小的取去來晚了。城門閉了。小的投在坊子。權借宿一夜。不料被土番拿了。吳典恩罵道。你這奴才胡說。你家只是這般頭面多金銀廣。教你這奴才。把頭面拿出來老婆家歇宿行使。想必是你偷盜出來。頭面。趂早說來。免我動刑。平安道。委的親戚家借去頭面。家中大娘使我討去來。並不敢說謊。吳典恩大怒。罵道此奴才眞賊。不打如何肯認。喝令左右。與我拿夾棍夾這奴才。一面套上夾棍起來。夾的小廝。猶如殺猪吽。吽道爺。休夾小的。放小的實說了罷。吳典恩道。你只實說。我就不夾你。平安兒道。小的偷的假當鋪。當的人家一副金頭面。一柄鍍金鈎子。吳典恩問道。你因甚麼偷出來。平安道。小的今年二十二歲。大娘許了替小的娶媳婦兒。不替小的娶。家中使的玳安兒小廝。纔二十歲。倒把房裡丫頭。配與他完了房。小的因此不憤。纔偷出假當鋪這頭面走了。吳典恩道。想必是這玳安兒小廝。與吳氏有奸。纔先把丫頭與他配了妻室。你只實說。沒你的事。我便饒了你。平安

兒道小的不知道吳典恩道你不實說與我拶起來左右套上
拶子慌的平安兒沒口子說道爺休拶小的等小的說就是了
吳典恩道可又來你只說了須沒你的事一面放了拶子那平
安說委的俺大娘與玳安兒有奸先要了小玉丫頭俺大娘看
見了就沒言語倒與了他許多衣服首飾東西配與他完房這
吳典恩一面令吏典上來抄了他口詞取了供狀把平安監在
巡檢司等着出牌提吳氏玳安小玉來審問這件事那日却說
解當舖櫥櫃裡不見了頭面把傅夥計諕慌了問玳安玳安說
我在生藥舖子裡看你在這邊吃飯我不知道傅夥計道我把
頭面匣子放在櫥裡如何不見了一地裡尋平安兒尋不着急
的付夥計揷香賭誓那家子討頭面付夥計只推還沒尋出來

哩。那人走了幾遍。見沒有頭面。只顧在門前嚷鬧說我當了兩
箇月。本利不少你的。你如何不與我頭面。鈎子值七八十兩銀
子。付夥計見平安兒。一夜沒來家就知是他偷出去了。四下使
人找尋不着。那討頭面主兒。又在門首嚷亂。對月娘說。賠他五
十兩銀子。那人還不肯。說我頭面值六十兩。鈎子連寶石珠子
鑲嵌。共值十兩。該賠七十兩銀子。付夥計又添了他十兩。還不
肯。定要與傅夥計合口。正鬧時。有人來報說。你家平安兒。偷了
頭面。在南瓦子養老婆。被吳巡檢拏在監裡。還不教人快認贓
去。這吳月娘聽見吳典恩做巡檢。是咱家舊夥計。一面請吳大
舅來商議。連忙寫了領狀。第二日教付夥計領贓去。有了原物
在。省得兩家賴。教人家人在門前放屁。付夥計拿狀子到巡檢

司。實承望吳典恩看舊時分上。領得頭面出來。不想反被吳典恩。老狗老奴才。儘力罵了一頓。叫皁隸拉倒。要打。褪去衣裳。把屁股脫了半日。饒放起來。說道。你家小廝在這裡供出吳氏。與玳安許多奸情來。我這裡申過府縣。還要行牌提取吳氏來。對証。你這老狗骨頭。還敢來領贓。倒吃他千奴才萬老狗。罵將出來。誆的在家中走不迭。來家不敢隱諱。如此這般。對月娘說了。月娘不聽便罷。聽了正是分開八塊頂梁骨。傾下半桶氷雪來。慌的手腳麻木。又見那討頭面人在門前大嚷大鬧。說道。你家不見了我頭面。又不與我原物。又不賠我銀子。只哄叉着我兩頭回來走。今日哄我去領贓。明日等領頭面。端的領的在那裡。這等不合理。那付夥計陪下。掩將好言央及安撫他。畧從容兩日就有頭面出來了。若無原物。加倍賠你。那人說。等我回聲當家的去。說畢去了。這吳月娘憂上加憂。眉頭不展。使小廝請吳大舅來商議。教他尋人情。對吳典恩說。掩下這樁事罷。吳大舅說。只怕他不受人情。要些賄賂。打點他。月娘道。他當初這官。還是咱家照顧他的。還借咱家一百兩銀子。文書俺爹也沒收他的。今日反恩將讐報起來。吳大舅說。姐姐說不的那話了。從來忘恩背義。纔一箇兒也怎的。吳月娘道。累及哥哥上緊尋箇路兒。寧可送他幾十兩銀子罷。領出頭面來。還了人家。省得合費舌。打發吳大舅吃了飯去了。月娘送哥哥到大門首。也是合當事情湊巧。只見薛嫂兒提着花箱兒。領着一箇小丫鬟過來。月娘叫住便問。老薛你往那裡去。怎的一向不來俺這裡走走。薛嫂道。你老人家到且說的好。這兩日好不忙哩。偏有許多頭緒兒。咱家小奶奶。那裡使牢子大官兒。叫了好幾遍。還不得空兒去哩。月娘道。你看媽子撒風。你又做起俺小奶奶來了。薛嫂道。如今不做小奶奶。倒做了大奶奶了。月娘道。他怎的做大奶奶。薛嫂道。你老人家還不知道。他好小造化兒。自從生了哥兒。大奶奶死了。守備老爺。就把他扶了正房。做了封贈娘子。正景二奶奶孫氏。不如他手下。買了兩箇妳子。四箇丫頭扶侍。又是兩箇房裡。得寵學唱的姐兒。都是老爺收用過的。要打時就打他倘棍兒。老爺敢做的主兒。自恁還恐怕氣了。他那日不知因甚麽。把雪娥娘子。打了一頓。把頭髮都㨄了。半夜叫我去領出來。賣了八兩銀子。如今孫二娘房裡。使着箇荷花丫鬟。他手裡倒使着四五箇。又是兩箇妳子。還言人少。二娘又不敢言語。成日奶奶長。奶奶短。只哄着他。前日對我說。老薛。你替我尋箇小丫頭來我使。嫌那小丫頭不會做生活。只會上灶。他屋裡事情冗雜。今日我還睡裡。大清早辰。又早使牢子叫了我兩遍。教我快往宅裡去。問我要兩副大翠重雲子鈿兒。又要一付九鳳鈿銀根兒。一箇鳳口裡啣一串珠兒。下邊墜着青紅寶石。金牌兒。先與了我五兩銀子。銀子不知使的那裡去了。還沒送與他生活去哩。這一見了我。還不知怎生罵我哩。我如今就送這丫頭去。月娘道。你到後邊等我瞧瞧怎樣翠鈿兒。一面讓薛娘到後邊明間內坐下。薛嫂打開花箱。取出與吳月娘看。果然做的好樣範。約四指寬。通掩過鬏髻來。金翠掩映。翡翠重疊。背面貼金。那九級鈿。每箇鳳口內。啣着一掛寶珠牌兒。十分奇巧。薛嫂道。自這付鈿兒。做着本錢三兩五錢銀子。那付重雲子的。只一兩五錢銀子。還沒尋他的錢。正說着。只見玳安兒走來。對月娘說。討頭面的又來在前邊嚷哩。等不的領贓。領到幾時。若明日沒頭面。要和付二叔打了。到箇去處理會哩。傳二叔。心裡不好。往家去了。那人嚷了回去了。薛嫂問是甚麼勾當。月娘便長吁了一口氣。如此這般。告訴薛嫂說。平安兒奴才。偷去印子舖人家當的一付金頭面。一箇鍍金鈎子。走在城外坊子裡養老婆。被吳巡檢拏住。監在監裡。人家來討頭面。沒有。在門前嚷鬧。吳巡檢又勒揹刁難。不容俺家領贓。打夥計。將來要錢。白尋不出箇頭腦來。如何是好。死了漢子。敗落一齊來。就這等被人欺負。好苦

也。說着。那眼中淚紛紛落將下來。薛嫂道。好奶奶。放着路兒不
會尋。咱家小奶奶。你這裡寫箇帖兒。等我對他說聲。教老爺差
人分付巡檢司。莫說一副頭面。就十副頭面。也討去了。月娘道。
周守備他是武職官。他管的着那巡檢司。薛嫂道。奶奶你還不
知道。如今周爺。朝廷新與他的勑書。好不管的事情寬廣。地方
河道。軍馬錢糧。都在他裡打卯遞手本。又河東水西。捉拏強盜
賊情。正在他手裡。月娘聽了。便道。既然管着。老薛就累你多上
覆龎大姐說聲。一客不煩二主。教他在周爺面前。美言一句兒。
問巡檢司討出頭面來。我破五兩銀子謝你。薛嫂道。好奶奶。錢
恁中使我見你老人家。剛纔恓惶。我到下意不去。你教人寫了
帖兒。不吃茶罷。等我到府裡和小奶奶說成了。隨你老人家。不

成。我還來囘你老人家話。這吳月娘一面叫小玉擺茶與薛嫂吃。薛嫂兒道。這咱晚了不吃罷。你只教大官兒寫了帖兒。我拏了去罷。你不知我一身的事。在我身上哩。月娘道。我曉的你也出來這半日了。吃了點心兒去。小玉即便放卓兒擺上茶食來。月娘陪他吃茶。薛嫂兒遞與丫頭兩箇點心吃。月娘問丫頭幾歲了。薛嫂道。今年十二歲了。不一時。玳安兒前邊寫了說帖兒薛嫂兒吃了茶。放在袖內。作辭月娘。提着花箱出門轉灣抹角。逕到守備府中。春梅還在煖床炕上睡。還沒起來哩。只見大丫鬟月桂進來說。老薛來了。春梅便叫小丫頭翠花。把裡面牕簾開了。日色照的紗牕。十分明亮。薛嫂進去說道。奶奶這裡還未起來。放下花箱。便磕下頭去。春梅道。不當家化化的。磕甚麼頭。

說道。我心裡不自在。今日起來的遲些。問道你做的我翠雲子。和九鳳鈿兒。拏了來不曾。薛嫂道。奶奶這兩副鈿兒。好不費手。昨日晚夕。我纔市翠花舖子裡。討將來。今日要送來。不想奶奶又使了。牢子去。一面取出來。與春梅過目。春梅還嫌翠雲子。做的不十分現撇。還安放在紙匣兒內。交與月桂收了。看茶與薛嫂兒吃。薛嫂便叫小丫鬟進來。與奶奶磕頭。春梅問是那裡的。薛嫂兒道二奶奶和我說了好幾遍。說荷花只做的飯。教我替他尋箇小孩子。學做些針指。我替他領了這箇孩子來了。到是鄉裡人家女孩兒。今年纔十二歲。正是養材兒。只好狗激着。學做生活。春梅道。你亦發替他尋箇城裡孩子。還伶便些。這鄉裡孩子。曉的甚麼。也是前日一箇張媽子。領了兩箇鄉裡丫頭子來。一箇十一歲那一箇十二歲了。一箇叫生金。一箇叫活寶。兩箇且是不善。都要五兩銀子。孃老子就在外頭等着要銀子。我說且留他住一日兒試試手兒會答應不會。教他明日來領銀子罷。死活留下他一夜。丫頭們不知好歹。與了他些肉湯子泡飯吃了。到第二日。天明只見丫頭們嚷亂起來。我便罵賊奴才。亂的是甚麼。原來那生金。撒了被窩屎。那活寶。溺的褲子提溺不動。把我又是那笑。又是那砢碜。等的張媽子來。還教他領的去了。因問這丫頭要多少銀子。薛嫂兒道要不多。只四兩銀子。他老子要投軍使。春梅教海棠。你領到二娘房裡去。明日兌銀子與他罷。又叫月桂。拏大壺內有金華酒。篩來與薛嫂兒吃。盪寒。再有甚點心。拏上一盒子與他吃。又說大清早辰。拏寡酒灌他。薛嫂道。桂姐且不要篩上來。等我和奶奶說了話着。剛纔在那裡也吃了些甚麽來了。春梅道。你對我說在誰家吃甚來。薛嫂道。剛纔大娘那頭。留我吃了些甚麽來了。如此這般。望着我好不哭哩。說平安兒小厮。偷了印子鋪内人家當的金頭面。還有一把鍍金鈎子。在外面養老婆。吃番子拏在巡檢司。拶打這裡人家要頭面嚷亂。使傅夥計領贓。那吳巡檢舊日是咱那裡夥計。有爹在日。照顧他的官。今日一旦反面無恩。夾打小厮。攀扯人。又不容這裡領贓。要錢纔准把夥計。打罵將來。說的夥計不好了。躲的往家去了。央我來多多上覆你老人。不知咱家老爺管的着這巡檢司。可憐見舉眼見無親的。教你替他。對老爺說聲。領出頭面來。交付與人家去了。大娘親來拜謝你老人家。

春梅問道。有箇帖兒沒有。不打緊。有你爺出巡去了。怕不的今晚來家。等我對你爺說。薛嫂兒道。他有說帖兒有此。向袖中取出。這春梅看了。順手就放在牕戶檯上。不一時。托盤內拿上四樣嗄飯菜蔬。月桂拏大銀鍾。滿滿斟了一鍾。流沿兒遞與薛嫂。薛嫂道。我的奶奶。我原捱內了這大行貨子。春梅笑道。比你家老頭子。那大貨差些兒。那箇你倒捱了。這箇你倒捱不的。好歹與我捱了。要不吃。月桂你與我捏着鼻子灌他。薛嫂道。你且拏了點心與我。打了底兒着。春梅道。這老媽子。单管說謊。你纔說在那裡吃了來。這回又說沒打底兒。薛嫂道。吃了他兩箇茶食。這咱還有哩。月桂道。薛媽媽你且吃了這大鍾酒。我拏點心與你吃。俺奶奶又怪我沒用。要打我哩。這薛嫂沒奈何。只得吃了。

被他灌了一鍾。覺心頭小鹿兒劈劈跳起來。那春梅揪揪箇嘴兒。又叫海棠斟滿一鍾。教他吃。薛嫂推過一邊。說我的好孃。人家我却一點兒也吃不的了。海棠道。你老人家捱了月桂姐一下子。不捱我一下子。奶奶要打我。那薛嫂兒慌的。直撅兒跪在地下。春梅道也罷。你拏過那餅與他吃了。教他好吃酒。月桂道。薛媽媽誰似我恁疼你。留下恁好玫瑰果餡餅兒與你吃就拿過一大盤子。頂皮酥玫瑰餅兒來。那薛嫂兒只吃了一箇。別的春梅都教他。袖在袖子裡。到家稍與你家。老王霸吃。薛嫂兒吃酒。盖着臉兒。把一盤子火薰肉。醃臘鵝。都用草紙包。布子裹。塞在袖內。海棠使氣白賴又灌了半鍾酒。見他嘔吐上來。纔收過家伙去。不要他吃了。春梅分付明日來討話說。兌了頭銀子與

你。又使海棠問孫二娘。去回來說丫頭留下罷。教大娘娘與他
銀子。臨出門拜辭。春梅分付媽媽。休推聾裝啞。那翠雲子。做的
不好。明日另帶兩副好的我瞧。薛嫂道。我知道。奶奶叫箇大姐
送我送。看狗咬了我腿。春梅笑道。俺家狗都有眼。只咬到骨秃
根前。就住了。一面使蘭花送出角門來。話休饒舌。周守備至日
落時分。牌兒馬藍旗作隊。文喫後隨。出巡來家。進入後廳。左右
丫鬟接了冠服。進房見了春梅。小衙內。心中歡喜。坐下。月桂海
棠拿茶吃了。將出巡回之事。告訴一遍。不一時放卓兒擺飯。飯
罷。掌上燭。安排盃酌飯酒。因問前邊沒甚事。一面取過薛嫂拿
的帖兒來。與守備看。說吳月娘那邊如此這般。小廝平安兒偷
了頭面。被吳巡檢拏住監禁。不容領贓。只拷打小廝。攀扯誣賴。

吳氏奸情。索要銀兩。呈詳府縣等事。守備看了說。此事正是我衙門裡事。如何呈詳府縣。吳巡檢那廝。這等可惡。我明出牌連他都提來發落。又說我聞得這吳巡檢。是他門下夥計。只因往東京與蔡太師進禮。帶挈他做了這箇官。如何倒要誣害他家。春梅道。見是這等說。你替他明日處處罷。一宿晚景題過。次日旋教吳月娘家補了一紙狀。當廳出了箇大花欄批文。用一箇封套裝了。上面批山東守禦府。為失盜事。仰巡檢司官。連人解繳。右差虞侯張勝李安。准此。當下二人領出公文來。先到吳月娘家。月娘管待了酒飯。每人與了一兩銀子鞋脚錢。傳夥計家中睡倒了。吳二舅跟隨到巡檢司。吳巡檢見平安監了兩日。不見西門慶家中人來打點。正教吏典做文書。申呈府縣。只見守御府中。兩箇公人到了。拏出批文來與他。見封套上。硃紅筆標着仰巡檢司官。連人解繳。拆開見裡面吳氏狀子。諕慌了。反賠下摭與李安張勝。每人二兩銀子。隨即做文書。解人上去。到于守備府前。伺候半日。待約守備升廳。兩邊軍牢排下。然後帶進人去。這吳巡檢把文書呈遞上去。守備看了一遍。說此正是我這衙內裡事。如何不申解前來。我這裡發送。只顧延捱監滯。顯有情獘。那吳巡檢禀道。小官纔待做文書。申呈老爺案下。不料老爺鈞批到了。守備喝道。你這狗官。可惡。多大官職。這等欺玩法度。抗違上司。我欽奉朝廷勅命。保障地方。巡捕盜賊。提督軍門。兼管河道。職掌開載已明。你如何拏了起件。不行申解。妄用刑杖拷打犯人。誣攀無辜。顯有情獘。那吳巡檢聽了。摘去冠帽在堦前。只顧磕頭。守備道。本當叅治你這狗官。且饒你這遭。下次再若有犯。定行叅究。一面把平安提到廳上。說道。你這奴才。偷盜了財物。還肆言謗主人家。都是你恁如此。也不敢使奴才了。喝令左右與我打三十大棍。放將贓物封貯。教本家人來領去。一面喚進吳二舅來。遞了領狀。守備這裡還差張勝拏帖兒。同送到西門慶家。見了分上。吳月娘打發張勝酒飯。又與了一兩銀子。走來府裡。回了守備春梅話。那吳巡檢乾拏了平安兒一塲。倒折了好幾兩銀子。月娘還了那人家頭面鈎子兒。是他原物。一聲兒沒言語去了。傅夥計到家。傷寒病睡倒了。只七日光景。調治不好。嗚呼哀哉死了。月娘見這等合氣。把印子鋪只是收本錢。贖討。再不假當出銀子去了。止是教吳二舅同玳安在門首生藥鋪子。日逐轉得來。家中盤纏。此事表過不題。一日吳月娘叫將薛嫂兒來。與了三兩銀子。薛嫂道。不要罷。傳的府裡小奶奶怪我。月娘道。天不使空人。多有累你。我見他不題。出來就是了。于是買了四盤下飯。宰了一口鮮猪。一壜南酒。一疋紵絲尺頭。薛嫂押着來守備府中致謝春梅。玳安穿着青絹褶兒。用描金匣兒盛着禮帖兒。逕到裡邉見春梅。薛嫂領着到後堂。春梅出來。戴了金梁冠兒。金釵梳。鳳鈿。上穿繡襖。下着錦裙。左右丫鬟養娘侍奉。玳安兒扒倒地下磕頭。春梅分付。放卓兒擺茶食。與玳安吃。說道。沒上事。你奶奶免了罷。如何又費心送這許多禮來。你周爺已定不肯受。玳安道。家奶奶說。前日平安兒這場事。多有累周爺周奶奶費心。沒甚麽。些小微禮兒。與爺奶奶賞人便了。春梅道。如何好受的。薛嫂道。你老人家。若不受。惹那頭又怪我。春梅一面又請進守備來討較了。止受了豬酒下飯。把尺頭回將來了。與了玳安一方手帕。三錢銀子。擡盒人二錢。春梅因問你奶奶哥兒好麼。玳安說。哥兒好不耍子兒哩。又問玳安兒。你幾時籠起頭去。包了網巾。幾時和小玉完房來。玳安道。是八月內來。春梅道。到家多頂上你奶奶。多謝了重禮。待要請你奶奶來坐坐。你周爺早晚又出巡去。我到過年正月裡。哥兒生日。我往家裡走走。玳安道。你老人家若去。小的到家就對俺奶奶說。到那日來接奶奶。說畢。打發玳安出門。薛嫂便向玳安兒說。大官兒。你先去罷。奶奶還要與我說話哩。那玳安兒押盒担來家。見了月娘。說如此這般。守備只受了豬酒下飯。

把尺頭回將來了。春梅姐讓到後邊。管待茶食吃。問了回哥兒
好。家中長短。與了我一方手帕。三錢銀子。擡盒人二錢銀子。多
頂上奶奶。多謝重禮。都不受來。被薛嫂兒和我再三說了。纔受
了下飯猪酒。擡回尺頭。要不是請奶奶過去坐坐。一兩日周爺
出巡去。他只到過年正月。孝哥生日。來家裡走走。告說他住着
五間正房。穿着錦裙。繡襖。戴着金梁冠兒。出落的越發胖大了。
手下好少丫頭妳子侍奉。月娘問他其實說明年往咱家來。玳
安兒道。委的對我說來。月娘道。到那日咱這邊使人接他去。因
問薛嫂怎的還不來。玳安道。我出門。他還坐着說話。教我先來
了。自此兩家交往不絕。正是世情看冷煖。人面逐高低。有詩爲
証。

得失榮枯命裡該　皆因年月日時裁
胷中有志應須至　囊裡無財莫論才

畢竟未知後來何如且聽下回分解

第九十六回　春梅姐遊舊家池館

聯經出版事業公司 景印版

楊光彥作當面豺狼

第九十六回

春梅遊玩舊家池館　守備使張勝尋經濟

裏虛外實費張羅　待客酬人使用多
馬死奴逃難宴集　臺傾樓倒罷笙歌
租田稅店歸農主　玩好金珠托賣婆
欲向富家權借用　當人開口奈羞何

話說光陰迅速。日月如梭。又早到正月二十一日。春梅和周守備說了。備一張祭桌。四樣羹果。一罈南酒。差家人周仁。送與吳月娘。一者是西門慶三週年。二者是孝哥兒生日。月娘收了禮物。打發來人。帕一方。銀三錢。這邊連忙就使玳安兒。穿青衣。具請書兒請去。上寫着。

重承厚禮感感。即刻舍具菲酌。奉酬

腆儀仰希

高軒俯臨。不外幸甚。

下書西門吳氏端肅拜請

大德周老夫人粧次

春梅着了。到日中纔來。戴着滿頭珠翠。金鳳頭面釵梳。胡珠環子。身穿大紅通袖。四獸朝麒麟袍兒。翠藍十樣錦百花裙。玉玎璫禁步。東着金帶。脚下大紅繡花白綾高底鞋兒。坐着四人大轎。青段銷金轎衣。軍牢執藤棍喝道。家人伴當跟隨。擡着衣匣。後邊兩頂家人媳婦小轎兒。緊緊跟着大轎。吳月娘這邊請了吳大妗子相陪。又叫了兩箇唱的女兒彈唱。聽見春梅來到。月娘亦盛粧縞素打扮。頭上五梁冠兒。戴着稀稀幾件金翠首飾。耳邊二珠環子。金擻領兒。上穿白綾襖。下邊翠藍段子織金拖泥裙。脚下穿玉色段高底鞋兒。與大妗子迎接至前廳。春梅大轎子擡至儀門首。纔落下轎來。兩邊家人圍着。到於廳上叙禮向月娘插燭也似拜。月娘連忙荅禮相見。沒口說道。向日有累姐姐費心。粗尺頭又不肯受。今又重承厚禮。祭卓感激不盡。春梅道。惶恐。家官府沒甚麽。這些薄禮。表意而已。一向要請姥姥過去。家官府不一時出巡。所以不曾請得。月娘道。姐姐你是幾時好日子。我只到那日。買禮看姐姐去罷。春梅道。奴賤日是四月廿五日。月娘道。奴到那日已定去。兩箇叙畢禮。春梅務要把月娘讓起。受了兩禮。然後吳大妗子相見。亦還下禮去。春梅道。

你看大妗子又沒正經。一手扶起受禮。大妗子道。姐姐。你今非昔比。折殺老身。止受了半禮。一面讓上坐。月娘和大妗子。主位相陪。然後家人媳婦。丫鬟養娘都來叅見。春梅見了奶子如意兒。抱着孝哥兒。吳月娘道。小大哥還不來與姐姐磕個頭兒。謝謝姐姐。今日來與你做生日。那孝哥兒真個下如意兒身來。扒與春梅唱喏。月娘道。好小厮不與姐姐磕頭。只唱喏。那春梅連忙向袖中。掏出一方錦手帕。一付金八吉祥兒。教替他擡帽兒上戴。月姐道。又教姐姐費心。又拜謝了。落後小玉奶子。來見磕頭。春梅與了小玉一對金頭簪子。與了奶子兩枝銀花兒。月娘道。姐姐你還不知。奶子與了來興兒做了媳婦兒了。來興兒那媳婦。害病沒了。春梅道。他一心要在咱家。倒也好。一面丫鬟拿茶上來吃了茶月娘說請姐姐後邊明間內坐罷這客位內冷春梅來後邊西門慶靈前又早點起燈燭擺下卓面祭禮春梅燒了紙落了幾點眼淚然後周圍設放圍屏火爐內生起炭火安放大八仙卓席擺茶上來無非是細巧蒸酥異樣甜食美口菜蔬希奇果品縷金碟象牙筯雪錠盤盞兒絕品芽茶月娘和大妗子陪着吃了茶讓春梅進上房裡換衣裳脫了上面袍兒家人媳婦開衣匣取出衣服更換了一套綠遍地錦粧花襖兒紫丁香色遍地金裙在月娘房中坐着說了一回月娘因問道哥兒好麼今日怎不帶他來這裡走走春梅道若不是也帶他來與姥姥磕頭他爺說天氣寒冷怕風冒着他他又不肯在房裡只要那當直的抱出來廳上外邊走這兩日不知怎的只是

哭月娘道你出來他也不尋你春梅道左右有兩個奶子輪番看他也罷了月娘道他周爺也好大年紀得你替他養下這點孩子也殼了也是你裙帶上的福說他孫二娘還有位姐兒幾歲兒了春梅道他二娘養的叫玉姐今年交生四歲俺這個叫金哥月娘道說他周爺身邊還有兩位房裡姐兒春梅道是兩個學彈唱的丫頭子都有十六七歲成日淘氣在那裡月娘道他爺也常在他身邊去不去春梅道奶奶他那裡得工夫在家多在外少在裏如今四外好不盜賊生發朝廷勑書上又教他兼管許多事情鎮守地方巡理河道提拏盜賊操練人馬常不時往外出巡幾遭好不辛苦哩說畢小玉拿茶來吃了春梅向月娘說姥姥你引我往俺娘那邊花園山子下走走月娘道我

的姐姐。山子花園。還是那咱的山子花園哩。自從你爹下世。沒人收拾他。如今丟搭的破零二落。石頭也倒了。樹木也死了。俺等閑也不去了。春梅道。不妨。奴就往俺娘那邊看看去。這月娘强不過。只得教小玉。拿花園門山子門鑰匙。開了門。月娘大妗子。陪春梅衆人。到裡面遊看了半日。

垣墻欹損。臺榭歪斜。兩邊畫壁長青苔。滿地花磚生碧草。山前惟石。遭塌毀不顯嵯峩。亭内凉床。被滲漏已無框檔。石洞口蛛絲結網。魚池内蝦蟆成羣。狐狸常睡臥雲亭。黃鼠往來藏春閣。料想經年人不到。也知盡日有雲來。

春梅看了一回。先走到李瓶兒那邊。見樓上丟着些二折卓壞櫈破椅子。下邊房都空鎖着。地下草長的荒荒的。方來到他娘這邊樓上。還堆烏生藥香料。下邊他娘房裡。止有兩座厨櫃。床也沒了。因問小玉。俺娘那張床。往那去了。怎的不見。小玉道。俺三娘嫁人。賠了俺三娘去了。月娘走到根前說。因有你爹在日。將他帶來那張八步床。賠了大姐在陳家。落後他起身。却把你娘這張床。賠了他嫁人去了。春梅道。我聽見大姐死了。對你老人家說。把床還擡的來家了。月娘道。那床沒錢使。只賣了八兩銀子。打發縣中皁隷都使了。春梅聽言。點了頭兒。那星眼中。由不的酸酸的。口內不言。心下暗道。想着俺娘。那咱爭强不伏弱的問爹要買了這張床。我實承望要囬了這張床去。也做他老人家一念兒。不想又與了人去了。由不的心下慘切。又問月娘。俺六娘那張螺甸床。怎的不見。月娘道。一言難盡。自從你爹下世。

日逐只有出去的。沒有進來的。常言家無營活計。不怕斗量金。也是家中沒盤纏。擡出去交人賣了。春梅問賣了多少銀子。月娘道。止賣了三十五兩銀子。春梅道。可惜了的那張床。當初我聽見爹說。值六十兩多銀子。只賣這些兒。早知你老人家打發我倒與你老人家三四十兩銀子。我要了也罷。月娘道。好姐姐諸般都有。人沒早知道的。一面嘆息了半日。只見家人周仁走來接。爹請奶奶早些家去。哥兒尋奶奶哭哩。這春梅就抽身往後邊月娘。教小玉鎖了花園門。同來到後邊明間內。又早屏開孔雀。簾控鮫綃。擺下酒筵兩個妓女。銀箏琵琶在旁彈唱。吳月娘遞酒安席。不必細說。安春梅上坐。春梅不肯。務必拉大妗子同他一處坐的。月娘主停筵前。遞了酒。湯飯點心。割切上席春

梅教家人周仁。賞了厨子三錢銀子。説不盡盤堆異品。酒泛金
波。當下傳盃換盞。吃至日色將落時分。只見宅内又差伴當。拏
燈籠來接。月娘那裡肯放。教兩個妓女。在根前跪着。彈唱勸酒。
分付你把好曲兒。孝順你周奶奶。一個兒。一面吽小玉。斟上大
鍾。放在根前。教春梅吃。姐姐你分付個心下愛的曲兒。教他兩
個唱與你聽下酒。春梅道。姥姥。奴吃不得的。怕孩兒家中尋我。
月娘道。哥兒尋。左右有奶子看着。天色也還早哩。我曉得你好
小量兒。春梅因問那兩個妓女。你吽甚名字。是誰家的。兩個跪
下説小的一個是韓金釧兒妹子韓玉釧兒。一個是鄭愛香兒
姪女鄭嬌兒。春梅道。你每會唱懶畫眉不會。玉釧兒道。奶奶分
付小的。兩個都會。月娘道。你兩個既會唱。斟上酒你周奶奶吃。

你每慢唱。小玉在旁。連忙斟上酒。兩個妓女。一個彈箏。一個琵琶。唱道。

寃家爲你幾時休。捱過春來又到秋。誰人知道我心頭。天害的我伶仃瘦。聽的音書兩淚流。從前已往訴緣由。誰想你無情把我丢。

那春梅吃過。月娘又令鄭嬌兒。遞上一盃酒。與春梅。春梅道。你老人家也陪我一盃。兩家於是都齊斟上。兩個妓女。又唱道。

寃家爲你減風流。鵲噪簷前不肯休。死聲活氣沒來由。天倒惹的情掩逗勒的凄涼兩淚流。從他去後意無休。誰想你辜恩把我丢。

春梅說。姥姥你也教大妗子吃盃兒。月娘道。大妗子吃不的。教他拿小鍾兒陪你罷。一面令小玉。斟上大鍾子。一小鍾兒酒。兩個妓女。又唱道。

冤家為你惹場憂。坐想行思日夜愁。香肌憔瘦减溫柔。天要見你不能勾。悶的我傷心兩淚流。從前與你共綢繆。誰想你今番把我丢。

當下春梅。見小玉在根前。也斟了一大鍾。教小玉吃。月娘道。姐姐他吃不的。春梅道。姥姥他也吃兩三鍾兒。我那咱在家裡。沒和他吃。于是斟上。教小玉也吃了一盃。妓女唱道。

冤家為你惹閒愁。病枕着床無了休。滿懷憂悶鎖眉頭。天忘了。還依舊。助的我腮邊兩淚流。從前與你兩無休。誰想你經年把我丢。

看官聽說。當時春梅爲甚教妓女唱此詞。一向心中牽掛陳經濟在外。不得相會。情種心苗。故有所感發於吟咏。又見他兩個唱的。好口兒甜乖覺。奶奶長奶奶短。侍奉心中歡喜。叫家人周仁。近前來。拏出兩包兒賞賜來。每人二錢銀子。兩個妓女。放下樂器。插燭也似磕頭。謝了賞賜。不一時春梅起身。月娘款留不住。伴當打燈籠。拜辭出門。坐上大轎。家人媳婦都坐上小轎。前後打着四個燈籠。軍牢喝道而去。正是時來頑鐵有光輝。運去黃金無艷色。有詩爲証。

點絳唇紅弄玉嬌　鳳凰飛下品鸞簫

堂前高把湘簾捲　燕子還來續舊巢

且說春梅自從來吳月娘家赴席之後。因思想陳經濟。不知流落在何處。歸到府中。終日只是臥床不起。心下沒好氣。守備察知其意。說道。只怕思念你兄弟。不得其所。一面叫將張勝李安來。分付道。我一向委你。尋你奶奶兄弟。如何不用心找尋。二人告道。小的一向找尋來。一地里尋不着下落。巴回了奶奶話了。守備道。限你二人五日。若找尋不着。討分曉。這張勝李安。領了鈞語下來。都帶了愁顏。沿街遶巷。各處留心。找問不題。話分兩頭。單表陳經濟。自從守備府中。打了出來。欲投晏公廟。聽見人說。你師父任道士。因爲你宿娼壞事。被人打了。拏在守備府去。查點房中箱籠東西銀兩沒了。一口重氣。半夜就死了。你還敢進廟中去。衆徒弟就打死你。這經濟害怕。就不敢進廟來。又沒臉兒見杏庵王老。白日裡到處里打油飛。夜晚間還鑽入冷舖中存身。一日也是合當有事。經濟正在街上站立。只見鐵指甲楊大郎。頭戴新羅帽兒。身穿白綾襖子。玄色段褶衣。沉香色襪口。光素琴鞋。騎着一疋驢兒。擫銀鞍轡。一個小廝跟隨。正行街心走過來。經濟認的是楊光彥。便向前一把手。把嚼環拉住。說道楊大哥。一向不見。咱兩個同做朋友。往下江販布。船在清江浦泊着。我在嚴州府探親。吃人陷害。打了一場官司。你就不等我。把我半船貨物。偷拐走的不知去向。我好意往你家問。反吃你兄弟楊二風。拏瓦楔磧破頭。赶着打上我家門來。今日弄的我一貧如洗。你是會摇擺受用。那楊大郎見了經濟討吃。佯佯而笑。說如今晦氣。出門撞見瘟死鬼。量你這餓不死賊花子。那裡討半船貨。我拐了你的來了。你不撒手。須吃我一頓好馬鞭子。那經濟便道。我如今窮了。你有銀子與我些盤纏。不然咱到了去處。楊大郎見他不放。跳下驢來。向他身上。也抽了幾鞭子。喝令小廝。與我搊了這少死的花子去。那小廝使力。把經濟推了一交。楊大郎又向前踢了幾脚。踢打的經濟恠叫。須臾圍了許多人。旁邊閃過一個人來。青高裝帽子。勒着手帕。倒披紫襖白布褲子。精着兩條腳。靸着蒲鞋。生的阿兜眼。掃帚眉。料綽口三髯鬍子。面上紫肉橫生。手腕橫筋競起。吃的楞楞睜睜。提着拳頭。向楊大郎說道。你此位哥好不近理。他年少這般貧寒。你只顧打他怎的。自古嗔拳不打笑面。他又不曾傷犯着你。你有錢看平日相交。與他些沒錢。罷了。如何只顧打他。自古路見不平。也有向燈向火。楊大郎說。你不知。他賴我拐了他半船貨。量他恁窮嘴臉。有半船貨物。那人道想必他當時也是根基人家娃娃。天生就這般窮來。閣下就到這般有錢。老兄依我。你有銀子與他盤纏罷。那楊大郎。見那人說了。袖內汗巾兒上。拴着四五錢一塊銀子。解下來遞與經濟。與那人舉一舉手兒上驢子揚長去了。經濟地下扒起來。擡頭看那人時。不是別人。却是舊時同在冷鋪內。和他一鋪睡的。土作頭兒飛天鬼侯林兒。近來領着五十名人。在城南水月寺。曉月長老那裡做工。起盖伽藍殿。因一隻手拉着經濟說道。兄弟剛纔若不是我。拏幾句言語譏犯他。他肯拏出這五錢銀子與你。他賊。却知見範。他若不知範時。好不好吃我一頓好拳頭。你跟着我。咱往酒店內吃酒去。來到一個食葷小酒店內。案頭上坐下。叫量酒拏四賣嗄飯。兩大壺酒來。不一時。量酒打抹條卓乾淨。擺下小菜嗄飯。四盤四碟。兩大坐壺時興橄欖酒。不用小盃。拏大磁甌子。因問經濟兄弟。你吃麵吃飯。量酒道。麵是溫淘。飯是白米飯。經濟道。我吃麵須臾掉上兩三碗溫麵上來。侯林兒只吃一碗。經濟吃了兩碗。然後吃酒。侯林兒向經濟說。兄弟你今日跟我往坊子裡睡一夜。明日我領你城南水月寺。曉月長老那裡修蓋伽藍殿。并兩廊僧房。你哥率領着五十名做工。你到那裡不要你做重活。只擡幾筐土兒就是了。也筭你一工。討四分銀子。我外邊賃着一間厦子。晚夕咱兩個就在那裡歇。做些飯打發咱的人吃。門你一把鎖鎖了。家都交與你。好不好。强如你在那冷鋪中替花子搖鈴打梆子。這個還官樣些。經濟道。若是哥哥這般下顧。兄弟可知好哩。不知這工程做的長遠不長遠。侯林兒道。纔做了一個月。這工程做到十月裏。不知完不完。兩個說話之間。你一鍾我一盞。把兩大壺酒都吃了。量酒筭帳。該一錢三分半銀子。經濟要會銀子。拏出銀子來秤。侯林兒推過一邊。說傻兄弟。莫不教你出錢。哥有銀子在此。一面扯出包兒來。秤了一錢五分銀子。與掌櫃的。還找了一分半錢。袖了。搭伏着經濟肩背。同到坊子裏。兩個在一處歇臥。二人都醉了。這侯林兒晚夕幹經濟後庭花。足幹了一夜。親哥親達達。親漢子親爺。口裡無般不叫。將出來。到天明城南水月寺。果然寺外。侯林兒賃下半間廈子。裡面燒着炕柴阜。也買下許多碗盞家活。早辰上工叫了名字。衆人看見經濟。不上二十四五歲。白臉子。生的眉目清俊。就知是

侯林兒兄弟。都亂評戲他。先問道。那小夥子兒。你呌甚名字。陳
經濟道。我呌陳經濟。那人道。陳經濟。可不由着你就擠了。又一
人說。你恁年小小的。原幹的這營生。挨的這大扛頭子。侯林兒
喝開衆人。罵惟花子。你只顧侯落他怎的。一面散了鍬钁筐扛。
派衆人擡土的擡土。和泥的和泥。打𦁤的打𦁤。原來曉月長老。
教一個葉頭陀。做火頭造飯。與各作匠人吃。這葉頭陀年約五
十歲。一個眼瞎。穿着皁直裰。精着腳。腰間束着爛絨絛。也不會
看經。只會念佛。善會麻衣神相。衆人都呌他做葉道。一日做了
工下來。衆人都吃畢飯。閒坐的跕的。也有蹴着的。只見經濟走
向前問葉頭陀討茶吃。這葉頭陀。只顧上上下下看他。內有一
人說。葉道這個小夥子兒。是新來的。你相他一相。又一人說。你

相他相。倒相相個兒弟。一人說。倒相個二尾子。葉頭陀教他近前。端詳了一回。說道。色怕嫩兮又怕嬌。聲嬌氣嫩不相饒。老年色嫩招辛苦。少年色嫩不堅牢。只吃了你面嫩的虧。一生多得陰人寵愛。八歲十八二十八。下至山根上至髮。有無活計兩頭消。三十印堂莫帶煞。眼光帶秀心中巧。不讀詩書也可人。做作百般人可愛。縱然弄假不成真。休怪我說。一生心伶機巧。常得陰人發跡。你今年多大年紀。經濟道。我二十四歲。葉道道。虧你前年怎麼打過來。吃了你印堂大窄。子喪妻亡。懸壁昏暗。人亡家破。唇不盖齒。一生惹是招非。鼻若竈門。家私傾喪。那一年遭官司口舌。傾家喪業。見過不曾。經濟道。都見過了。葉頭陀道。又一件。你這山根不宜斷絕。麻衣祖師說得兩句好。山根斷兮早虛花。祖業飄零定破家。早年父祖丟下家產。不拘多少。到你手裡。都了當了。你上停短兮下停長。主多成多敗。錢財使盡又還來。總然你久後營得成家計。猶如烈日照氷霜。你走兩步我瞧那經濟眞箇走了兩步。葉頭陀道。頭先過步。初主好而晚景貧窮脚不點地。賣盡田園而走他鄉。一生不守祖業。你往後好有三妻之命。尅過一個妻宮不曾。經濟道。已尅過了。葉頭陀道。後來還有三妻之會。你面若桃花光焰。雖然子遲。但圖酒色懽娛。但恐羨中不美。三十上小人有些不足。花柳中少要行走。還計較些。一個人說。葉道。你相差了。他還與人家做老婆。他那有三個妻來。衆人正笑做一團。只聽得曉月長老打梆子。各人都拏鍬鐝筐扛。上工做活去了。如此者經濟在水月寺。也做了約一月光景。一日三月中旬天氣。經濟正與衆人擡出土來。在寺山門墻下。倚着墻根。向日陽蹲踞着。捉身上風蟣。只見一個人。頭戴萬字頭巾。腦後撲匾金環。身穿青窄衫。紫裹肚。腰繫纏帶。腳穿鞴靴。騎着一疋黃馬。手中提着一籃鮮花兒。見了經濟。猛然跳下馬來。向前深深的唱了喏。便呌陳舅。小人那裡沒處尋你老人家。原來在這裡。倒諕了經濟一跳。連忙還禮不迭。問哥哥你是那裡來的。那人道。小人是守備周爺府中。親隨張勝。自從舅舅提刑府中官事出來。奶奶不好。直到如今。老爺使小人那裡不曾找尋舅舅。不知在這裡。今早不是俺奶奶。使小人往外庄上折取這幾朵芍藥花兒。打這裡所經過。怎得看見你老人家。在這裡。一來也是你老人家際遇。二者小人有緣。不消猶豫。就騎上馬。跟你老人家往府中去。那衆做工的人。看着。都面面相覷。不敢做聲。這陳經濟。把鑰匙遞與侯林兒。騎上馬。張勝緊緊跟隨。逕往守備府中來。正是良人得意正年少。今夜月明何處樓。有詩爲証。

白玉隱於頑石裡　黃金埋在污泥中
今朝貴人提拔起　如立天梯上九重

畢竟未知後來如何。且聽下回分解。

第九十七回

假弟妹暗續鸞膠

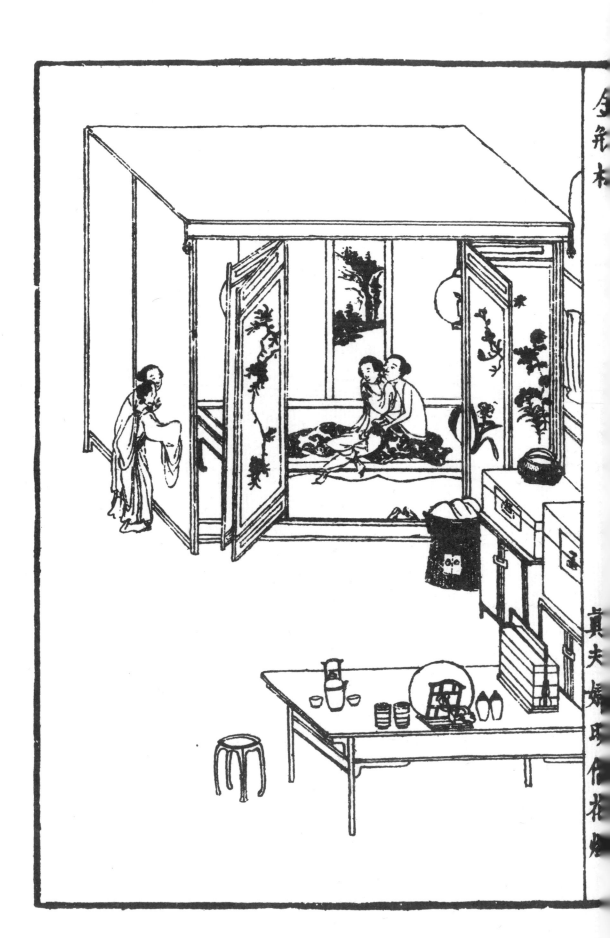

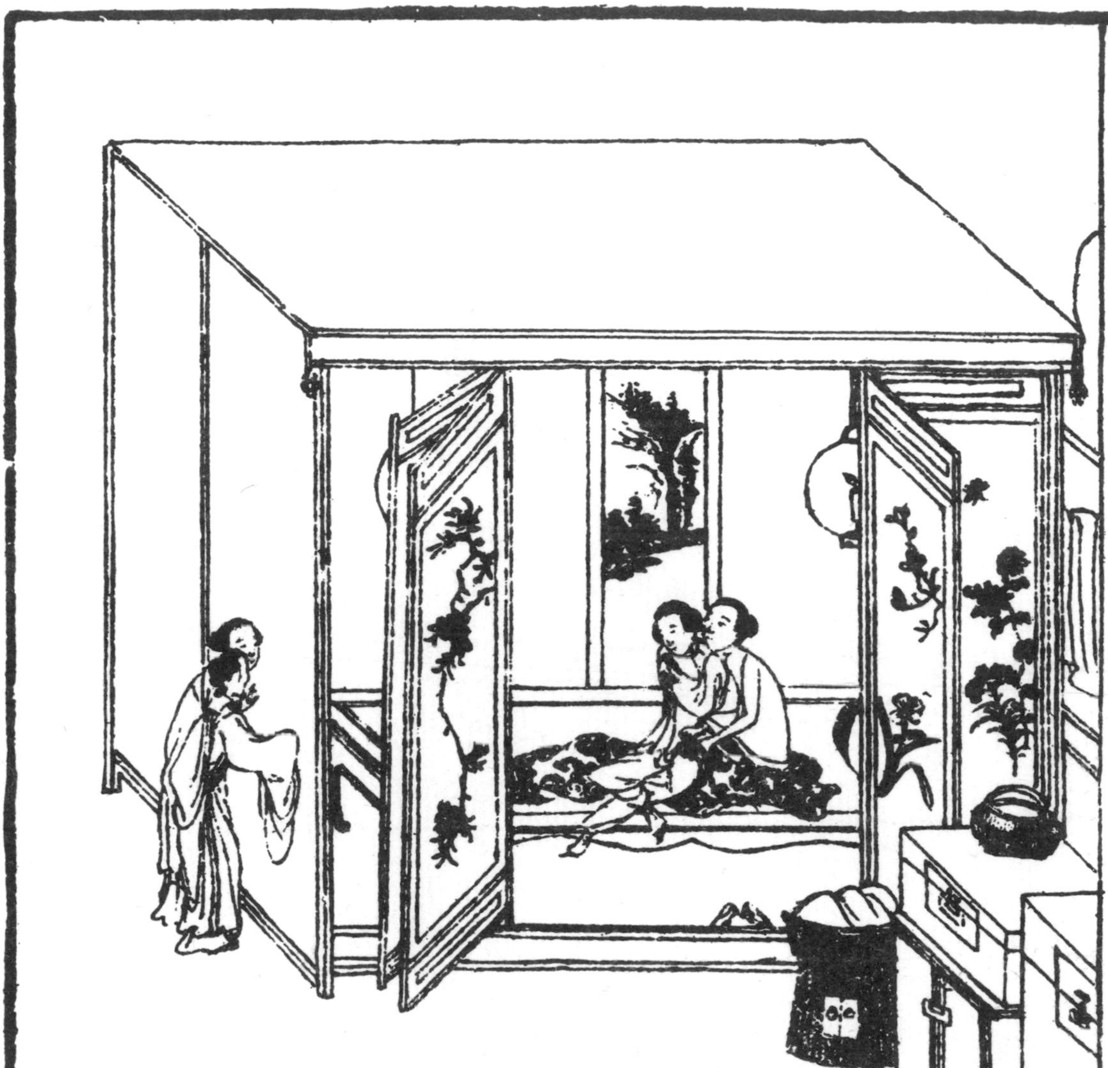

貞夫婦巧作花燭

第九十七回

經濟守禦府用事　薛嫂買賣說姻親

在世爲人保七旬　何勞日夜弄精神
世事到頭終有盡　浮華過眼恐非眞
貧窮冨貴天之命　得失榮枯隙裡塵
不如且放開懷樂　莫待無常鬼使侵

話說陳經濟。到於守備府中下了馬。張勝先進去禀報春梅。春梅分付。教他在外邊班直房內。用香湯澡盆。沐浴了身躰乾淨。後邊使養娘包出一套。新衣服靴帽來。與他更換了。張勝把他身上脫下來。舊藍縷衣服。捲做一團。閣在班直房內上吊着。然後禀了春梅。那時守備還未退廳。春梅請經濟到後堂。盛粧打扮。出來相見。這經濟進門。就望春梅。拜了四雙八拜。讓姐姐受禮。那春梅受了半禮。對面坐下。叙說寒溫離别之情。彼此皆眼中垂淚。春梅恐怕守備退廳進來。見無人在根前。使眼色與經濟悄悄說。等住回他若問你。只說是姑表兄弟。我大你一歲。二十五歲了。四月廿五日午時生的。經濟道。我知道了。不一時丫鬟拏上茶來。兩人吃了茶。春梅便問你一向怎麼出了家。做了道士。打我這府中出去。守備不知是我的親。錯打了你。悔的要不的。若不是那時就留下你。爭奈有雪娥那賤人在我這裡。不好又安插你的。所以放你去了。落後打發了那賤人。纔使張勝到處尋你不着。誰知你在城外做工。流落至于此地位。經濟道。不瞞姐姐說。一言難盡。自從與你相别。要娶六姐。我父親死在東京來遲了。不曾娶成被武松殺了。聞得你好心。葬埋了他。永福寺。我也到那裡燒帋來。在家又把俺娘沒了。剛打發喪事出去。被人坑陷了資本。來家又是大姐死了。被俺丈毋那淫婦告了我一狀。床帳粧奩。都搬的去了。打了一場官司。將房兒賣了。弄的我一貧如洗。多虧了俺爹朋友王杏菴賙濟。把我纔送到臨清晏公廟。那裡出家。不料又被光棍打了。拴到咱府中。打了十棍出去。投親不理。投友不顧。因此在寺內傭工。多虧姐姐掛心。使張管家尋將我來。見姐姐一面。恩有重報。不敢有忘。說到傷心處。兩個都哭了。正說話中間。只見守備退廳。進入後邊來左右掀開簾子。守備進來。這陳經濟向前倒身下拜。慌的守備荅禮相還。說向日不知是賢弟。被下人隱瞞。有惧衝撞。賢弟休

椎。經濟道。不才有玷。一向缺禮。有失親近。望乞恕罪。又磕下頭
去。守備一手拉起。讓他上坐。那經濟乖覺。那里肯。務要拉下椅
兒。旁邊坐了。守備關席。春梅陪他對坐下。須臾換茶上來吃畢。
守備便問。賢弟貴庚。一向怎的不見。如何出家。經濟便告說。小
弟虛度二十四歲。俺姐姐長我一歲。是四月二十五日午時生。
向因父毋雙亡。家業凋喪。妻又沒了。出家在晏公廟。不知家姐
嫁在府中。有失探望。守備道。自從賢弟那日去後。你令姐晝夜
憂心。常時啾啾唧唧不安。直到如今。一向使人找尋賢弟不着。
不期今日相會。實乃三生有緣。一面分付左右放卓兒安排酒
上來。須臾擺設許多盃盤。鷄蹄鵝鴨。烹炮蒸煠。湯飯點心。堆滿
卓上。銀壺玉盞。酒泛金波。守備相陪叙話。吃至晚來。掌上燈燭。

方罷。守備分付家人周仁。打掃西書院乾淨。那裡書房。床帳都
有。春梅拿出兩床鋪蓋衾枕。與他安歇。又撥一個小廝喜兒荅
應他。又包出兩套紬絹衣服來。與他更換。每日飯食。春梅請進
後邊吃。正是一朝時運至。半點不由人。光陰迅速。日月如梭。但
見

行見梅花臘底　忽逢元旦新正
不覺艷杏盈枝　又早新荷貼水

經濟在守備府裡。住了一個月有餘。一日四月二十五日。春梅
的生日。吳月娘那邊。買了禮來。一盤壽桃。一盤壽麵。兩隻湯鵝
四隻鮮雞。兩盤果品。一罈南酒。玳安穿青衣。拏帖兒送來。守備
正在廳上坐的。門上人稟報進去。擡進禮來。玳安遞上帖兒。扒
在地下磕頭。守備看了禮帖兒。說道。多承你奶奶費心。又送禮

來。一面分付家人。收進禮去。討茶來與大官兒吃。把禮帖教小伴當。送與你舅收了。封了一方手帕。三錢銀子。與大官兒擡盒人錢一百文。拏回帖兒。多上覆。說畢。守備穿了衣服。就起身出去。拜人去了。玳安只顧在廳前伺候討回帖兒。只見一個年小的。戴着瓦楞帽兒。穿着青紗道袍。涼鞋淨襪。從角門裡走出來手中拿着帖兒賞錢。遞與小伴當。一直往後邊去了。可要作怪模樣倒好相陳姐夫一般。他如何却在這里。只見小伴當。遞與玳安手帕銀錢。打發出門。到于家中。回月娘話。見回帖上。寫着周門龐氏斂衽拜。月娘便問。你沒見你姐。玳安道。姐姐倒沒見倒見姐夫來。月娘笑道。怪囚。你家倒有恁大姐夫。守備好大年紀。你也叫他姐夫。玳安道。不是守備。是咱家的陳姐夫。我初進去。周爺正在廳上。我遞上帖兒。與他磕了頭。他說又生受你奶奶。送重禮來。分付伴當拿茶與我吃。把帖兒拏與你舅收了。討一方手帕。三錢銀子。與大官兒擡盒人是一百文錢。說畢。周爺穿衣服出來上馬。拜人去了。半日只見他打角門裡出來。遞與伴當回帖賞賜。他就進後邊去了。我就押着盒担出來。不是他却是誰。月娘道。惟小囚兒。休胡說白道的。那羔子亦道流落在那里討吃。不是東死。就是餓死。他平白在那府裡做甚麼。守備認的他甚麼毛片兒。肯招攬下他何用。玳安道。奶奶敢和我兩個賭。我看得千真萬真。就燒的成灰。骨兒我也認的。月娘問他穿着甚麼。玳安告訴。他戴着新瓦楞帽兒。金簪子。身穿着青紗道袍。涼鞋淨襪。吃的好了。月娘道。我不信不信。這里說話不題。

却說陳經濟進入後邊。春梅還在房中。鏡臺前搽臉。描畫雙蛾。經濟拿吳月娘禮帖兒。與他看。因問他家如何送禮來與你。是那里緣故。這春梅便把從前已往。清明郊外永福寺撞遇月娘相見的話。訴說一遍。後來怎生。平安兒偷了解當舖頭面。吳巡檢怎生夾打平安兒。追問月娘奸情之事。薛嫂又怎生說人情。守備替他處斷了事。落後他家買禮來相謝。正月裡我往他家與孝哥兒生日。勾搭連環到如今。他許下我生日。買禮來看好一節。經濟聽了。把眼瞅了春梅一眼。說姐姐你好沒志氣。想着這賊淫婦。那咱把咱姐兒們。生生的折散開了。又把六姐命喪了。永世千年。門裡門外不相逢纔好。反替他說人情兒。那怕那吳典恩。追拷着平安小廝。供出奸情來。隨他那淫婦。一條繩子拴去。出醜見官。管咱每大腿事。他沒和玳安小厮有奸。怎的把丫頭小玉配與他。有我早在這里。我斷不教你替他說人情。他是你我伙人。又和他上門往來做甚麼。六月連陰。想他好晴天兒。幾句話說得春梅閉口無言。春梅道。過往勾當也罷了。還是我心好。不念舊伙。經濟道。如今人好心不得好報哩。春梅道他既送了禮。莫不白受他的。還等着我這裡人請他去哩。經濟道今後不消理那淫婦了。又請他怎的。春梅道。不請他又不好意思的。丢個帖與他。來不來隨他就是了。他若來時。你在那邊書院內。休出來見他。往後咱不招惹他就是了。經濟惱的一聲兒不言語。走到前邊。寫了帖子。春梅使家人周義去請吳月娘。月娘打扮出門。教奶子如意兒抱着孝哥兒。坐着一頂小轎。玳安跟隨來。到府中。春梅孫二娘。都打扮出來迎接至後廳相見。敘禮坐下。如意兒抱着孝哥兒。相見磕頭畢。經濟躲在那邊書院內。不走出來。由着春梅孫二娘在後廳擺茶安席遞酒。叫了兩個妓女。韓玉釧。鄭嬌兒彈唱。俱不必細說。玳安在前邊廂房內管待。只見一個小伴當。打後邊拿出一盤湯飯點心下飯。往西角門書院中走。玳安便問他拿與誰吃。小伴當道。是與舅吃的。玳安道。你舅姓甚麼。小伴當道。姓陳。這玳安賊。悄悄後邊跟着他。到西書院。小伴當便掀簾子進去。玳安慢慢打紗牕外往裡張看。却不是陳姐夫。正在書房床上搓着。見拿進湯飯點心來。連忙起來。放卓兒正吃。這玳安悄悄走出外邊來。依舊坐在廂房內。直待天晚。家中燈籠來接。吳月娘轎子起身。到家十。告訴月娘說。果然陳姐夫在他家居住。自從春梅這邊。被經濟把攔。兩家都不相往還。正是誰知豎子多間阻。一念翻成怨恨媒。自此經濟在府中。與春梅暗地勾搭。人都不知。或守備不在。春梅就和經濟在房中吃飯吃酒。閑時下棋調笑。無所不至。守備在家。便使丫頭小厮拿飯往書院與他吃。或白日裡。春梅也常往書院內。和他坐半日。方歸後邊來。彼此情熱。俱不必細說。一日守備領人馬出巡。正值五月端午佳節。春梅在西書院花亭上。置了一卓酒席。和孫二娘陳經濟吃雄黃酒。解粽懽娛。丫鬟侍妾。都兩邊侍奉。當日怎見的糚賓好景。但見。

盆栽綠柳。瓶插紅榴。水晶簾捲鰕鬚。雲母屏開孔雀。菖蒲切玉。佳人笑捧紫霞觴。角黍堆金。侍妾高擎碧玉盞。食烹異品果獻時新。靈符艾虎簪頭。五色絨繩繫臂。家家慶賞午節。處處懽飲香醪。遨遊身外醉乾坤。消遣壺中閑日月。得多少珮環聲碎金蓮小。紈扇輕搖玉笋柔。

春梅令海棠月桂。兩個侍妾在席前彈唱。當下直吃到炎光西墜。微雨生涼的時分。春梅拏起大金荷花盃來相勸。酒過數巡孫二娘不勝酒力。起身先往後邊房中看去了。獨落下春梅和經濟。在花亭上吃酒。猜枚行令。你一盃。我一盃。不一時丫鬟掌上紗燈上來。養娘金匱玉堂。打發金哥兒睡去了。經濟輸了。便走出書房內。躲酒不出來。這春梅先使海棠來請。見經濟不去。又使月桂來。分付他不來。你好歹與我拉將來。拉不將來。回來把你這賤人。打十個嘴巴。這月桂走至西書房中。推開門。見經

濟揾在床上。推打鼾睡不動。月桂說。奶奶交我來請你老人家

請不去、要打我哩。那經濟口裡喃喃吶吶說。打你不干我事。我

醉了。吃不的了。被月桂用手拉將起來。推着他。我好歹拉你去。

拉不將你去。也不筭好漢。推拉的經濟急了。黑影子裡。佯裝着

醉。作耍當眞。摟了月桂在懷裡。就親個嘴。那月桂亦發上頭上

臉說。人、好意叫你。你做大不正。倒做這個營生、經濟道。我的兒

你若肯了。那個好意做大不成。又按着親了個嘴。方走到花亭

上。月桂道。奶奶要打我。還是我把舅拉將來了。春梅令海棠斟

上大鍾。兩個下盤棊。賭酒爲樂。當下你一盤。我一盤。熬的丫鬟

都打睡去了。春梅又使月桂海棠。後邊取茶去。兩個在花亭上。

解珮露相如之玉。朱唇點漢署之香。正是得多少花陰曲檻燈

斜照。旁有墜釵雙鳳翹。有詩為証。

　　花亭懽洽鬢雲斜　粉汗凝香沁絳紗
　　深院日長人不到　試看黃鳥啄名花

當下兩個正幹得好。忽然丫鬟海棠送茶來。請奶奶後邊去。金哥睡醒了。哭着尋奶奶哩。春梅陪經濟。又吃了兩鍾酒。用茶漱了口。然後抽身往後邊來。丫鬟收拾了家活。喜兒扶經濟。歸書房寢歇。不在話下。一日朝廷勑旨下來。命守備領本部人馬。會同濟州府知府張叔夜。征勦梁山泊賊王宋江。早晚起身。守備對春梅說。你在家看好哥兒。叫媒人替你兄弟。尋上一門親事。我帶他個名字在軍門。若早僥倖得功。朝廷恩典。陞他一官半職。於你面上也有光輝。這春梅應諾了。遲了兩三日。守備打點行裝整率人馬留下張勝李安看家止帶家人周仁跟了去不題一日春梅叫將薛嫂兒來如此這般和他說他爹臨去分付替我兄弟尋門親事你替我尋個門當戶對好女兒不拘十六七歲的也罷只要好模樣腳手兒聰明伶俐些些的他性兒也有些些了厥些些兒薛嫂兒道我不知道他也怎的和你老人家分付想着大娘那等的還嫌里春梅道若是尋的不好看我打你耳刮子不打我要赶着他叫小妗子兒哩休要當耍子兒說畢春梅令丫鬟擺茶與他吃只見陳經濟進來吃飯薛嫂向他道了萬福說姑夫你老人家一向不見在那里來且喜呀剛纔奶奶分付交我替你老人家尋個好娘子你怎麼謝我那陳經濟把臉兒蛙着不言語薛嫂道老花子怎的不言語春梅道你休叫

他姑夫。那個已是揭過去的帳了。你只叫他陳舅就是了。薛嫂道。只該打我這片子狗嘴。只要叫錯了。往後赶着你只叫舅爺罷。那陳經濟。恐不住撲吃的笑了。說道。這個纔可到我心上。那薛嫂撒風撒痴。赶着打了他一下。說道。你看老花子。說的好話兒。我又不是你影射的。怎麼可在你心上。連春梅也笑了。不一時月桂安排茶食。與薛嫂吃了。提着花箱兒出來。說道。我替你老人家用心踏看。有人家相應好女子兒就來說。春梅道。財禮羨果。花紅酒禮。頭面衣服。不少他的。只要好人家好女孩兒。方可進入我門來。薛嫂道。我曉得。管情應的你老人家心便了。良久經濟吃了飯。往前邊去了。薛嫂兒還坐着。問春梅。他老人家幾時來的。春梅便把出家做道士一節說了。我尋得他來。做我個親人兒。薛嫂道。好好。你老人家有後眼。又道前日你老人家好的日子。說那頭他大娘來做生日來。春梅道。先送禮來。然後纔使人送帖兒請他。坐了一日去了。薛嫂道我那日。在一個人家鋪床。整亂了一日。心內要來。急的我要不的。又問他陳舅也見他那頭大娘來。春梅道。他肯下氣見他。爲請他。好不和我亂成一塊。我與他說人。替他家說人情。說我沒志氣。那怕吳典恩打着小厮。攀扯他出官纔好。管你腿事。你替他尋分上。想着他昔日好情兒。薛嫂道。他老人也說的是。及到其間。人不計舊讐。春梅道。咱既受了他禮。不請他來坐坐兒。又使不的。寧可教他不仁。休要咱不義。薛嫂道。惟不的你老人家有恁大福。你的心忒好了。當下薛嫂兒說了半日話。提着花箱兒。拜辭出門。過了兩日先來說城裡朱千戶家小姐今年十五歲也好陪嫁只是沒了娘的兒了春梅嫌小不要又說應伯爵第二個女兒年二十二歲春梅又嫌應伯爵死了在大爺手內聘嫁沒甚陪送也不成都回出婚帖兒來又遲了幾日薛嫂兒送花兒來袖中取出個婚帖兒大紅段子上寫着開段鋪葛員外家大女兒年二十歲屬雞的十一月十五日子時生小字翠屏生的上畫兒般模樣兒五短身材瓜子面皮溫柔典雅聰明伶俐針指女工自不必說父母俱在有萬貫錢財在大街上開段子鋪走蘇杭南京無比好人家都是南京床帳箱籠春梅道既是好成了這家子的罷就交薛嫂兒先通信去那薛嫂兒連忙說去了正是欲向繡房求艷質須臾紅葉是良媒有詩為証

天仙機上繫香羅　千里姻緣竟足多
天上牛郎配織女　人間才子伴嬌娥

這里薛嫂通了信來。葛員外家知是守備府裡情願做親。又使一個張媒人同說媒。春梅這里備了兩擡茶葉。䭔餅羨果教孫二娘坐轎子。往葛員外家插定女兒。帶戒指兒回來。對春梅說果然好個女子。生的一表人材。如花似朵。人家又相當。春梅這里擇定吉日。納綵行禮。十六盤羨果茶餅。兩盤上頭面。二盤珠翠。四擡酒兩牵羊。一頂髮髻。全付金銀頭面。簪環之類。兩件羅段袍兒四季衣服。其餘綿花布絹。二十兩禮銀。不必細說。陰陽生擇在六月初八日。准娶過門春梅先問薛嫂兒。他家那里有陪床使女沒有。薛嫂兒道。床帳粧奩描金箱廚都有。只沒有使女陪床。春梅道。咱這里買一個十三四歲丫頭子。與他房裡使喚。撥桶子倒水。方便些。薛嫂道。有兩個人家賣的丫頭子。我明日帶一個來。到次日果然領了一個丫頭。說是商人黃四家兒子房裡使的丫頭。今年纔十三歲。黃四因用下官錢粮。和李三家。還有咱家出去的保官兒都爲錢粮。拏在監裡追贓監了一年多。家產盡絶。房兒也賣了。李三先死。拏兒子李活監着。咱家保官兒那兒子僧寶兒。如今流落在外。與人家跟馬哩。春梅道。是來保。薛嫂道。他如今不叫來保。改了名字。叫湯保了。春梅道。這了頭是黃四家丫頭。要多少銀子。薛嫂道。只要四兩半銀子。緊等着要交贓去。春梅道。甚麼四兩半。與他三兩五錢銀子。留下罷。一面就交了三兩五錢雪花官銀。與他寫了文書。改了名字。

與做金錢兒話休饒舌又早到六月初八春梅打扮珠翠鳳冠
穿通袖大紅袍兒束金鑲碧玉帶坐四人大轎鼓樂燈籠娶葛
家女子奠鴈過門陳經濟騎大白馬揀銀鞍轡青衣軍牢喝道
頭戴儒巾穿着青段圓領腳下粉底皂靴頭上簪着兩枝金花
正是久旱逢甘雨他鄉遇故知洞房花燭夜金榜掛名時一番
折洗一番新到守備府中新人轎子落下戴着大紅銷金蓋袱
添粧含飯抱着寶瓶進入大門陰陽生引入畫堂先參拜家堂
然後歸到洞房春梅安他兩口兒坐帳然後出來陰陽生撒帳
畢打發喜錢出門鼓手都散了經濟與這葛翠屏小姐坐了回
帳騎馬打燈籠往岳丈家謝親吃的大醉而歸晚夕女貌郎才
未免燕尔新婚交媾雲雨正是得多少春點杏桃紅綻蕋風欺

楊柳綠翻腰。有詩為証

近覩多情花月標　教人無福也難消
風吹列子歸何處　夜夜嬋娟在柳梢

當夜經濟與這葛翠屏小姐。倒且是合得着。兩個被底鴛鴦。帳中鸞鳳。如魚似水。合巹懽娛。三日完飯。春梅在府廳後堂、張筵掛綵。鼓樂笙歌。請親眷吃會親酒。俱不必細說。每日春梅吃飯。必請他兩口兒。同在房中一處吃。彼此以姑妗稱之。同起同坐。丫頭養娘。家人媳婦。誰敢道個不字。原來春梅收拾西廂房三間。與他做房。裡面鋪着床帳。翻的雪洞般齊整。垂着簾幃。外邊西書院。是他書房。裡面亦有床榻。几席。古書并守備往來書東拜帖、并各處遞來手本揭帖。都打他手裡過。或登記簿籍。或銜

使印信。筆硯文房都有。架閣上堆滿書集。春梅不時常出來書院中。和他閑坐說話。兩個暗地交情。非止一日。正是

朝陪金谷宴　　暮伴綺樓娃
休道歡娛處　　流光逐落霞

畢竟未知後來何如。且聽下回分解

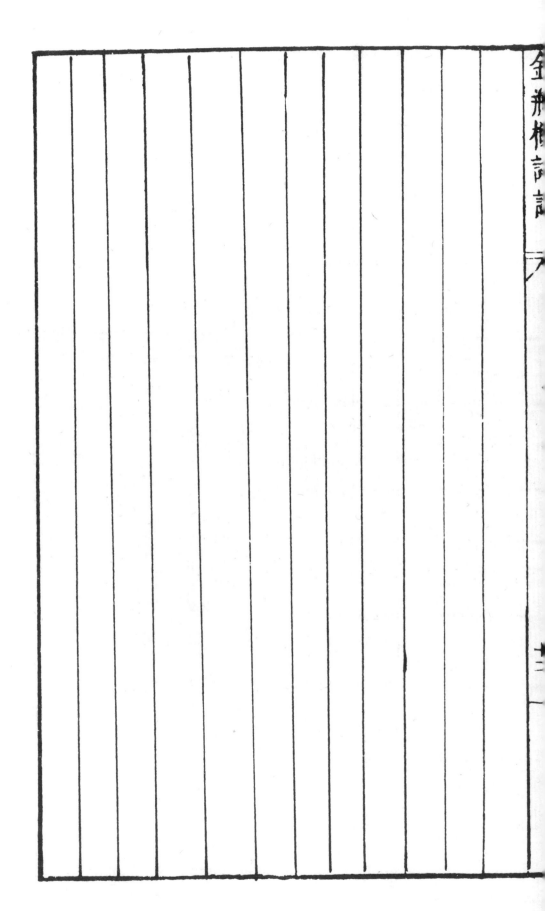

金瓶梅　第九十八回　陳敬濟臨清逢舊識

韓愛姐翠館遇情郎

第九十八回

陳經濟臨淸開大店　韓愛姐翠館遇情郎

心安茅屋穩　性定菜根香
世味憐方好　人情淡最長
因人成事業　避難遇豪强
今日崢嶸貴　他年身必殃

話說一日周守備濟南府知府張叔夜領人馬征勦梁山泊賊王宋江三十六人萬餘草寇都受了招安地方平復表奏朝廷大喜加陞張叔夜爲都御史山東安撫大使陞守備周秀爲濟南兵馬制置管理分巡河道提察盜賊部下從征有功人員各陞一級軍門帶得經濟名字陞爲參謀之職月給米二石冠帶

榮身。守備至十月中旬。領了勅書。率領人馬來家。先使人來報與春梅。家中知道。春梅滿心懽喜。使陳經濟與張勝李安。出城迎接。家中廳上。排設酒筵。慶官賀喜。官員人等。來拜賀送禮者。不計其數。守備下馬。進入後堂。春梅孫二娘接着。叅拜已畢。陳經濟換了衣巾。就穿大紅員領。頭戴冠帽。脚穿皁靴。束着角帶。和新婦葛氏兩口兒拜見。守備見好個女子。賞了一套衣服。十兩銀子打頭面。不在話下。晚夕春梅和守備。在房中飲酒。未免叙些家常事務。又娶我兄弟媳婦。費許多東西。守備道。阿呀你止這個兄弟。投奔你來。無個妻室。不成個前程道理。就使費了幾兩銀子。不曾為了別人。春梅道。你今又替他掙了這個前程足以榮身勾了。守備道。朝廷旨意下來。不日我往濟南府到任。

你在家看家。打點些〻本錢。教他搭個主管。做些〻大小買賣。三五日教他下去查筭帳目一遭。轉得些〻利錢來。也勾他攪計。春梅道。你說的也是。兩個晚夕。夫妻同歡。不可細述。在家只住了十個日子。到十一月初旬時分。守備收拾起身。帶領張勝李安。前去濟南到任。留周仁周義看家。陳經濟送到城南永福寺方回。一日春梅向經濟商議。守備教你如此這般。河下尋些〻買賣。搭個主管。覓得些〻利息。也勾家中費用。這經濟聽言。滿心懽喜。一日正打街前所走。尋覔主管夥計。也是合當有事。不料撞遇舊時朋友陸二哥。陸秉義作揖。說哥怎的一向不見。這經濟便把亡妻爲事。被楊光彥那厮。拐了我半船貨物。坑陷的我一貧如洗。我如今又好了。幸得我姐姐嫁在守備府中。又娶了親事。陞做參謀。冠帶榮身。如今要尋個夥計。做些買賣。一地里沒尋處。陸秉義道。楊光彥那廝。拐了你貨物。如今搭了個姓謝的做夥計。在臨清馬頭上。謝家大酒樓上。開了一座大酒店。又收錢放債。與四方趁熟窠子娼門人使。好不獲大利息。他每日穿好衣。吃好肉。騎着一疋驢兒。三五日下去走一遭。筭帳收錢。把舊朋友都不理。他兄弟在家開賭場。鬪鷄養狗。人不敢惹他。經濟道。我去年曾見他一遍。他反面無情。打我一頓。被一朋友救了。我恨他入于骨髓。因拉陸三郎入路旁一酒店內。兩個在樓上吃酒。兩人計議。如何處置他。出我這口氣。陸秉義道。常言說得好。恨小非君子。無毒不丈夫。咱如今將理和他說。不見棺材不下淚。他必然不好。小弟有一計策。哥也不消做別的買賣。只寫一張狀子。把他告到那里。追出你貨物銀子來。就奪了這座酒店。再添上些本錢。和謝合夥。等我在馬頭上。和謝三哥掌櫃發賣。哥哥你三五日下去走一遭。查筭帳目。管情見一月。你穩拍拍的。有百十兩銀子利息。強如做別的生意。看官聽說。當時不因這陸秉義。說出這座事。有分教數個人死。死于非命。陳經濟一種死。死之太苦。一種亡。亡之太屈。死的不好相似。那五代的李存孝。漢書中彭越。正是非干前定數。半點不由人。經濟聽了。忙與陸秉義作揖。便道。賢弟。你說的正是了。我到家就對我姐夫和姐姐說。這買賣成了。就安賢弟。同謝三郎做主管。當下兩個吃了回酒。各下樓來。還了酒錢。經濟分付陸二哥。兄弟。千萬謹言。有事我謝你去。陸二郎道。我知道。各散回家。這經濟就一五一十。對春梅說。爭奈他爺不在。如何理會。有老家人周忠在旁。便道。不打緊。等舅爲了一張狀子。該拐了多少銀子。貨物。拏爺個拜帖兒。都封在裡面。着小的送與提刑所。兩位官府案下。把這姓楊的。拏去衙門中。一頓夾打追問。不怕那廝不拏出銀子來。經濟大喜。一面寫就一紙狀子。拏守備拜帖。彌封停當。就使老家人周忠。送到提刑院。兩位官府正升廳問事。門上人禀進。說帥府周爺。差人下書。何千戶與張二官府。喚周忠進見。問周爺上任之事。說了一遍。拆開封套觀看。見了拜帖狀子。自恁要做分上。即便批行。差委緝捕番捉。往河下拏楊光彥去。回了個拜帖。付與周忠。到家多上覆你爺奶奶。待我這里追出銀兩。伺候來領。周忠拏回帖到府中。回覆了春梅說話。即時准行拏人去

了。待追出銀子。使人領去。經濟看見兩個搯帖上面。寫着侍生
何永壽張懋得頓首拜。經濟心中大喜。進了不上兩日光景。提
刑緝捕。觀察番捉。往河下把楊光彥。并兄弟楊二風。都拏了。到
千衙門中。兩位官府。據着陳經濟狀子審問。一頓夾打。監禁數
日。追出三百五十兩銀子。一百桶生眼布。其餘酒店中家活。共
筭了五十兩。陳經濟狀上告着九百兩。還差三百五十兩銀子。
把房兒賣了五十兩。家產盡絕。這經濟就把謝家大酒樓奪過
來。和謝胖子合夥。春梅又打點出五百兩本錢。共湊了一千兩
之數。委付陸秉義做主管。從新把酒樓粧修。油漆彩畫。闌干灼
燿。棟宇光新。卓案鮮明。酒肴齊整。一日開張。鼓樂喧天笙簫雜
奏。招集往來客商。四方遊妓。陳經濟道。那日宰猪祭祀燒帋。常

言啓瓮三家醉。開樽十里香。神仙留玉珮。卿相解金貂。經濟上來大酒樓上。週圍都是推牕亮隔。綠油闌干。四望雲山疊疊。上下天水相連。正東看。隱隱青螺堆岱嶽。正西瞧。茫茫蒼霧鎖皇都。正北觀。層層甲第起朱樓。正南望。浩浩長淮如素練。樓上下有百十座閣兒。處處舞裙歌妓。層層急管繁絃。說不盡肴如山積。酒若流波。正是得多少舞低楊柳樓心月。歌罷桃花扇底風。從正月半頭。這陳經濟在臨清馬頭上。大酒樓開張。見一日他發賣三五十兩銀子。都是謝胖子和主管陸秉義。眼同經手。在櫃上掌櫃。經濟三五日。騎頭口。伴當小姜兒跟隨。往河下算帳一遭。若來。陸秉義和謝胖子。兩個夥計。在樓上收拾一間乾淨閣兒。鋪陳床帳。安放卓椅。糊的雪洞般齊整。擺設酒席。交四個好出色粉頭相陪陳三兒那里往來做量酒。一日三月佳間。天光明媚。景物芬芳。翠依依槐柳盈堤。紅馥馥杏花燦錦。陳經濟在樓上。搭伏定綠闌干。看那樓下景致。好生熱鬧。有詩為証。

風拂烟籠錦旆揚　太平時節日初長
能添壯士英雄膽　善解佳人愁悶腸
三尺曉垂楊柳岸　一竿斜插杏花旁
男兒未遂平生志　且樂高歌入醉鄉

一日經濟在樓牕後瞧看。正臨着河邊泊着兩隻剥船。船上載着許多箱籠。卓櫈家活。四五個人盡搬入樓下空屋裡來。船上有兩個婦人。一個中年婦人。長挑身材。紫膛色。一個年小婦人。搽脂抹粉。生的白淨標致。約有二十多歲。盡走入屋裡來。經濟問謝主管、是甚麼人不問自由、擅自搬入、我屋裡來、謝主管道。此是兩個東京來的婦人投親不着、一時間無尋房住、央此間隣居范老來說、暫住兩三日便去。正欲報知官人。不想官人來問。這經濟正欲發怒。只見那年小婦人。斂袵向前。望經濟深深的道了個萬福、告說官人息怒、非干主管之事。是奴家大膽、一時出于無奈。不及先來宅上禀報、望乞恕罪、容畧住得三五日、拜納房金。就便搬去。這經濟見小婦人會說話兒、只顧上上下下。把眼看他。那婦人一雙星眼。斜盼經濟、兩情四目、不能定神。經濟口中不言。心內暗道、倒相那里會過、這般眼熟、那長挑身材中年婦人。也定睛看着經濟、說道、官人你莫非是西門老爺家。陳姑夫麼。這經濟吃了一驚、便道。你怎的認得我。那婦人道不瞞姑夫說。奴是舊夥計韓道國渾家。這個就是我女孩兒愛姐。經濟道。你兩口兒在東京。如何來在這里。你老公在那里。那婦人道。在船上看家活。經濟急令量酒請來相見。不一時韓道國走來作揖。已是摻白鬚鬢。因說起朝中蔡太師。童太尉。李右相。朱太尉。高太尉、李太監六人都被太學國子生陳東上本參劾。後被科道交章彈奏。倒了聖旨下來。拏送三法司問罪。發煙瘴地面。永遠充軍。太師兒子。禮部尚書蔡攸處斬。家產抄沒入官。我等三口兒各自逃生。投到清河縣。我兄弟第二的那里。第二的把房兒賣了。流落不知去向。三口兒顧船。從河道中來。不想撞遇姑夫在此。三生有幸。因問姑夫。今還在那邊。西門老爺家裡。經濟把頭一項。說了一遍。說我也不在他家了。我在姐夫守備周爺府中。做了參謀官。冠帶榮身。近日合了兩個夥計。在此馬頭上開了個酒店。胡亂過日子便了。你每三口兒。既遇着我。也不消搬去。便在此間住也不妨。請自穩便。婦人與韓道國一齊下禮。說罷。就搬運船上家活箱籠。經濟看得心癢。也使伴當小姜兒。和陳三兒。也替他搬運了幾件家活。王六兒道。不勞姑夫費心用力。彼此俱各權喜。經濟道。你我原是一家。何消計較。經濟見天色將晚。有申牌時分。要回家。分付主管。咱早送些茶盒與他。上馬伴當跟隨來家。一夜心心念念。只是放韓愛姐不下。過了一日。到第三日。早起身。打扮衣服齊整。伴當小姜跟隨來。河下大酒樓店中。看着做了回買賣。韓道國那邊使的八老來請吃茶。經濟心下。正要瞧去。恰八老來請。便起身進去。只見韓愛姐見了。笑容可掬。接將出來。道了萬福。官人請裡面坐。經濟到閣子內坐下。王六兒和韓道國都來陪坐。少頃茶罷。彼此敘些舊時已往的話。經濟不住把眼只瞅那韓愛姐。愛姐延瞪瞪秋波一雙眼。只看經濟。彼此都有意了。有詩爲證。

弓鞋窄窄剪春羅　香体酥胷玉一窩
麗質不勝嬝娜態　一腔幽恨蹙秋波

少頃韓道國下樓去了。愛姐因問官人青春多少。經濟道虛度二十六歲。敬問姐姐青春幾何。愛姐笑道奴與官人一緣一會。也是二十六歲。舊日又是大老爹府上相會過面。如今又幸遇在一處。正是有緣千里來相會。那王六兒見他兩個說得入港看見閑目推個故事。也下樓去了。止有他兩人對坐。愛姐把些風月話兒。把勾經濟。經濟自幼幹慣的道兒。怎不省得。一遞起身出去。這韓愛姐。從東京來。一路兒和他娘。也做些些道路。在蔡府中答應。與翟管家做妾。詩詞歌賦諸子百家皆通。甚麽事兒不久慣。見經濟起身出去。無人處。走向前挨在他身邊坐下。作嬌作痴說道。官人你將頭上金簪子。借我看一看。經濟正欲拔時。被愛姐一手按住經濟頭髻。一手拔下簪子來。便起身說。我和你去樓上說句話兒。一頭說。一頭走。經濟不免跟上樓來。正是饒你奸似鬼。也吃洗脚水。經濟跟他上樓便道。姐姐有甚話說。愛姐道。奴與你是宿世姻緣。你休要作假。願偕枕蓆之懽。共效于飛之樂。經濟道。只怕此間有人知覺。却使不得。那韓愛姐做出許多妖嬈來。摟經濟在懷。將尖尖玉手。扯下他褲子來。兩

個情興如火。按納不住。愛姐不免解衣。仰卧在床上。交姤在一處。正是

色膽如天怕甚事　鴛幃雲雨百年情

經濟問你叫幾姐。那韓愛姐道。奴是端午所生。就叫五姐。又名愛姐。說畢話。霎時雲收雨散。偎倚共坐。韓愛姐便告經濟說自從三口兒東京來投親。不着盤纏缺欠。你有銀子乞借應與我父親五兩。奴按利納還。不可推阻。經濟應允。說不打緊。姐姐開口。就兌五兩來。愛姐見他依允。還了他金簪子。兩個又坐了半日。恐怕人談論。吃了一盃茶。愛姐留吃午飯。經濟道。我那邊有事。不吃飯了。少間就送盤纏來與你。愛姐道。午後奴畧備一盃水酒。官人不要見却。好歹來坐坐。經濟在店中。吃了午飯。又在

街上閑散。走了一回。撞見昔晏公廟師兄金宗明作揖。把前事
訴說了一遍。金宗明道。不知賢弟。在守備老爺府中。認了親。在
大樓開大店。有失拜望。明日就使徒弟送茶來。閑中請去廟中
坐一坐。說罷。宗明歸去了。經濟走到店中。陸主管道。裏邊住的
老韓。請官人吃酒。沒處尋。恰好八老又來請官人。就請二位主
管相陪。再無他客。經濟就同陸主管。走到裏邊房內。早已安排
酒席齊整。無非魚肉菜菓之類。經濟上坐。韓道國主位。陸秉義
謝胖子。打橫。王六兒與愛姐旁邊僉坐。八老往來篩酒下菜。吃
過數盃。兩個主管會意。說道官人慢坐。小人櫃上看去。起身去
了。經濟平昔酒量。不十分洪飲。又見主管去了。開懷與韓道國
三口兒吃了數盃。便覺有些醉將上來。愛姐便問今日官人。不

回家去罷了。經濟道這咱晚了。回去不得。明日起身去罷。王六兒韓道國。吃了一回。下樓去了。經濟向袖中。取出五兩銀子。遞與愛姐收了。到下邊交與王六兒兩個交盃換盞倚翠偎紅吃至天晚愛姐鋪下濃粧。留經濟就在樓上閣兒裏歇了。當下枕畔山盟。衾中海誓。鶯聲燕語。曲盡綢繆。不能悉記愛姐將來東京在蔡太師府中。曾扶持過老太太也。學會些彈唱。又能識字會寫。經濟听了。歡喜不勝。就同六姐一般。正可在心上。以此與他盤桓一夜。停眠整宿。免不的第二日起來得遲。約飯時纔起來。王六兒安排些雜子肉圓子。做了个頭腦。與他扶頭。兩個吃了幾盃煖酒。少頃王晉來請經濟。那邊擺飯。經濟網巾梳洗。穿衣。吃了飯又來辭愛姐要回家去。那愛姐不捨只推抛淚。經濟

道我到家三五日就來看你你休煩惱說畢伴當跟隨騎馬往
城中去了一路上分付小姜兒到家休要說出韓家之事小姜
兒道小的知道不必分付經濟到府中只推店中買賣忙筭了
帳目不覺天晚歸來不得歇了一夜交割與春梅利息銀兩見
一遭也有三十兩銀子之數回到家中又被葛翠屏聒聒官人
怎的外邊歇了一夜不必在柳陌花街行踏把我丟在家中獨
自空房一個就不思想來家一連纏住陳經濟七八日不放他
往河下來這里韓愛姐見他一去數日光景不來店中自使小
姜兒來問王管討筭利息王管一一封了銀子去韓道國免不
得又交老婆王六兒又招惹別的熟人兒或是商客來屋裏走
動吃茶吃酒這韓道國當先嘗着這個甜頭靠老婆衣飯肥家

况此時王六兒。年約四十五六。年紀雖半。風韻猶存。恰好又得他女兒來接代。也不斷絶這樣行業。如今索性大做了。原來不當官身衣飰。别無生意。只靠老婆賺錢。謂之隱名娼妓。今時呼為私窠子是也。當時見經濟不來。量酒陳三兒。替他勾了一個湖州販絲綿客人何官人來。請他女兒愛姐。那何官人。年約五十余歲。手中有千兩絲綿紬絹貨物。要請愛姐。愛姐一心想着經濟。推心中不快。三回五次。不肯下樓來。急的韓道國要不的。那何官人。又見王六兒長挑身材。紫膛色。瓜子面皮。描眉鋪鬢。大長水鬢。涎鄧鄧一雙星眼。眼光如醉。抹的鮮紅嘴唇。料此婦人一定好風情。就留下一兩銀子。在屋裏吃酒。和王六兒。歇了一夜。韓道國。便躱避在外間歇了。他女兒見做娘的。留下客。只在

樓上。不下樓來。自此以後。那何官人。被王六兒。搬弄得快活。兩
個打得一似火炭般熱。没三兩日。不來婦人家過夜。韓道國。也禁
過他許多錢使。這韓愛姐兒。見經濟一去十數日不見來。心中
思想。挨一日似三秋。盼一夜如半夏。未免害木邊之目。田下之
心。使八老往城中守備府中探听。看見小姜兒。悄悄問他官人
如何不去。小姜見說。官人這兩日。有些身子不快。不曾出門。回
來訴與愛姐。愛姐與王六兒商議。買了一副猪蹄。兩隻燒鴨。兩
尾鮮魚。一盒酥餅。在樓上磨墨揮筆。拂開花箋。寫封柬帖。使八
老送到城中。與經濟去。當下把禮物。裝在盒內。交八老挑着。吖
嚀囑付。你到城中。見了陳官人。須索見他親收。討回帖來。八老
懷內揣着柬帖禮物。一路無詞。來到城內。守備府前。坐在沿街

石臺基上。只見伴當小姜兒出來。看見八老。你又來做甚麽。八老與聲喏。拉在僻净處。說我特來見你官人。送禮來了。有話說。我只在此等你。你可通報官人知道。小姜隨即轉身進去。不多時。只見經濟搖將出來。那時約五月天氣暑熱。經濟穿着紗衣服。頭戴瓦壠帽。金簪子。脚上凉鞋净襪。八老慌忙聲喏。說道官人。貴躰好些。韓愛姐。使我稍一柬帖。送禮來了。經濟接了柬帖。說五姐好麽。八老道。五姐見官人。一向不去。心中也不快在那里。多上覆官人。幾時下去走走。經濟折開柬帖。觀看上面。寫着甚言詞。

賤妾韓愛姐斂衽拜謹啟

情郎陳大官人台下

自別尊顏。思慕之心。未嘗少怠。懸懸不忘于心。向蒙期約。妾倚門凝望。不見降臨蓬蓽。昨遣八老。探問起居。不遇而回。聽聞貴恙欠安。令妾空懷悵望。坐卧悶懨。不能頓生兩翼。而傍君之足下也。君在家自有嬌妻美愛。又豈肯動念于妾。猶吐去之菓核也。兹具腥味茶盒數事。少申問安誠意。幸希笑納。情照不宣。　外具錦綉鴛鴦香囊一個。青絲一縷。少表寸心。

下書仲夏念日賤妾愛姐再拜

經濟看了東帖。并香囊。香囊裏面。安放青絲一縷香囊是鴛鴦雙口做的扣着。寄與情郎陳君膝下八字。依先摺了。藏在袖中。府傍側首。有個酒店。令小姜兒。領八老同店内吃鍾酒。等我寫回帖與你。分付小姜兒。把禮物收進我房裡去。你娘若問。只說河下店主人謝家。送的禮物。小姜不敢怠慢。把四盒禮物。收進去了。經濟走到書院房內。悄悄寫了回柬。又包了五兩銀子。到酒店內問八老。吃了酒不曾。八老道。多謝官人好酒。吃不得了。起身去罷。經濟將銀子。并回柬。付與八老。說到家多多拜上五姐。這五兩白金。與他盤纏。過三兩日。我自去看他。八老收了銀柬下樓。經濟送出店門。八老一直去了。經濟走入房中。葛翠屏便問是誰家送來禮物。經濟悉言店主人謝胖子。打聽我不快。送這禮物來問安。翠屏亦信其實。兩口兒計議。交丫鬟金錢兒拏盤子。拏了一隻燒鴨。一尾鮮魚。半副蹄子。送到後邊與春梅吃。說是店主人家送的。也不查問。此事表過不題。却說八老到河下。天已晚了。入門將銀柬。都付與愛姐收了。拆開銀柬。燈下覰看上面寫道。

經濟頓首字覆

愛卿韓五姐粧次。向蒙會問。又承厚欵。亦且雲情雨意。袵席鍾愛。無時少怠。所云期望。正欲趨會。偶因賤軀不快。有失卿之盻望。又蒙遣人垂顧。兼惠可口佳肴。不勝感激。只在二三日間。容當面布。外具白金五兩。綾帕一方。少申遠芹之敬。伏乞心鑒。萬萬。

下書經濟再拜

愛姐看了。見帕上寫着四句。詩曰。

吳綾帕兒織廻紋　洒翰揮毫墨跡新

寄與多情韓五姐　永諧鸞鳳百年情

看畢。愛姐把銀子。付與王六兒。母子千歡萬喜。等候經濟。不在話下。正是得意友來情不厭。知心人至話相投有詩爲証。

碧紗窗下啓箋封　一紙雲鴻香氣濃
知你揮毫經玉手　相思都付不言中

畢竟未知後來何如。且聽下回分解。

第九十九回　劉二醉打王六兒

聯經出版事業公司
景印版

張勝竊聽陳敬濟

第九十九回

劉二醉罵王六兒　張勝忿殺陳經濟

格言

一切諸煩惱　皆從不忍生
見機而耐性　妙悟生光明
佛語戒無倫　儒書貴莫爭
好個快活路　只是少人行

話說陳經濟。過了兩日。到第三日。却是五月二十五日他生日。春梅後廳整置酒肴。與他上壽。合家歡樂了一日。次日早辰。經濟說。我一向不曾往河下去。今日沒事去走一遭。一者和主管算帳。二來就避炎暑。散走走便回。春梅分付你去坐一乘轎子。

少要勞碌。交兩個軍牢。抬着轎子。小姜兒跟隨。逕往河下馬頭上。謝家大酒樓店中來。一路無詞。午後時分。早到河下大酒樓前。下了轎子。進入裏面。兩個主管齊來參見。說官府貴體好些。那經濟一心只在韓愛姐身上。便道。生受二位夥計掛心。坐了一回。便起身分付主管查下帳目。等我來筭。就轉身到後邊。八老又早迎見。報與王六兒夫婦。韓愛姐正在樓上。凭欄盼望。揮毫洒翰。作了幾首詩詞。以遣悶懷。忽報陳經濟來了。連忙輕移蓮步。款蹙湘裙。走下樓來。母子面上堆下笑來。迎接說道。官人貴人難見面。那陣風兒吹你到俺這里。經濟與母子作了揖。同進入閣兒內坐定。少頃王六兒點茶上來。吃畢茶。愛姐道。請官人到樓上奴房內坐。經濟上的樓來。兩個如魚得水。似漆投膠。

無非說些深情密意的話兒。愛姐硯臺底下。露出一幅花箋。經濟取來觀看。愛姐便說此是奴家這幾日盼你不來。閑中在樓上作得幾首詞。以消遣悶懷。恐污官人貴目。經濟念了一遍。上寫着、

倦倚綉床愁懶動　閑垂綉帶鬓鬟低
玉郎一去無消息　一日相思十二時

右春

危樓高處眺晴光　滿架薔薇露異香
十二欄杆閑凭遍　南薰一味透襟凉

右夏

帳冷芙蓉夢不成　知心人去轉傷情
枕邊淚似堦前雨　隔着窓兒滴到明

右秋

羞對菱花拭淨粧　爲郎瘦損減容光

閉門不管閑風月　分付梅花自主張

右冬

經濟看了。極口称美。喝采不已。不一時。王六兒安排酒肴上樓。撥過鏡架。就擺在梳粧卓上。两個並坐。愛姐篩酒。一盃。雙手遞與經濟。深深道了萬福。說官人一向不來。妾心無時不念。前八老來。又多謝盤纏。舉家感之不盡。經濟接酒在手。還了喏。說賤疾不安。有失期約。姐姐休怪。酒盡也篩一盃敬奉愛姐吃過。兩人坐定。把酒來斟。王六兒韓道國。上來也陪吃了幾盃。各取方便下樓去了。教他二人自在吃幾盃。叙些闊別話兒。良久吃得酒濃時。情興如火。免不得再把舊情一敘。交歡之際。無限恩情。穿衣起來。洗手更酌。又飲數盃。醉眼朦朧。余興未盡。這小郎君一向在家中不快。又心在愛姐。一向未與渾家行事。今日一旦見了情人。未肯一次即休。正是生死冤家。五百年前撞在一處。經濟魂灵。都被他引亂。少頃情竇復起。又幹一度。自覺身體困倦。打熬不過。午飯也沒吃。倒在床上就睡着了。也是合當禍起。不想下邊販絲綿何官人來了。王六兒陪他在樓下吃酒。韓道國出去街上。買菜蔬肴品菓子來配酒。兩個在下邊行房。落後韓道國買將菓菜來。三人又吃了幾盃。約日西時分。只見酒家店坐地虎劉二。吃的酩酊大醉。軃身衣衫。露着一身紫肉。提着拳頭。走來酒樓下。大叫採去何蠻子來要打。唬的兩個主管兒經濟在楼上聽恐他聽見慌忙走出櫃來。向前声喏。説道劉二哥。何官人並不曾來。這劉二那里依聽。大拨步撞入後邊。韓道國屋裏。一手把門簾扯上半邊來。見何官人正和王六兒並肩飲酒。心中大怒。罵那何官人。賊狗男女。我合你娘。那里沒尋你。却在這里。你在我店中。占着两個粉頭。兇遭歇錢不與。又塌下我两個月房錢。却來這里養老婆。那何官人忙出來。老二你請回。我去也。那劉二罵道去。你這狗合。不防聽的一拳來。正打何官人面間上。登時就青腫起來。那何官人起來。奪了跑了。劉二將王六兒酒卓。一脚登翻。家活都打了。王六兒便罵道。是那里少死的賊殺才。無事來老娘屋裏放屁。老娘不是耐驚耐怕兒的人。被劉二向前一脚。蹶了個仰八叉。罵道我合你淫婦娘。你是那里來的無名少姓私窠子。不來老爺手里報過。許你在這酒店内趁熟。還與我搬去。若搬遲須乞我一頓好拳頭。那王六兒道。你是那里來的光棍。搗子。老娘就没了親戚兒。許你便來欺負老娘。要老娘這命做甚麽。一頭撞倒。哭起來。劉二罵道。我把淫婦腸子也踢斷了。你還不知老爺是誰哩。這里喧亂。两邊隣舍。并街上過往人。登時圍看。約有許多。不知道的旁邊人說王六兒你新來。不知他是守備老爺府中管事張虞候的小舅子。有名坐地虎劉二。在酒家店住。專一是打粉頭的班頭。降酒客的領袖。你讓他些兒罷。休要不知利害。這地方人誰敢惹他。王六兒道。還有大是他的。采這殺才做甚麽。陸秉義見劉二打得兇。和謝胖子。做好做歹。把他勸的去了。陳經濟正睡在床上。

听見楼下攘亂。便起來看時。天已日西時分。問那里攘亂。那韓道國不知走的往那里去了。只見王六兒披髮垢面上楼。如此這般告訴。說那里走來一個殺才搗子。諢名喚坐地虎劉二。在酒家店住。說是咱府里管事張虞候小舅子。因尋酒客。無事把我踢打。罵了恁一頓。去了。又把家活酒器。都打得粉碎。一面放聲大哭起來。經濟吽上两個主管。問他。两個都面面相覷。不敢說。陸主管嘴快。說是府中張主管小舅子。來這里尋何官人說少他二個月房錢。又是歇錢來討。見他在屋裏吃酒。不由分說。把簾子扯下半邊來。打了何官人一拳。諕的何官人跑了。又和老韓娘子。两個相罵。踢了一交。烘的滿街人看。這經濟恐怕天晚。惹起來。分付把衆人唱散。問劉二那廝。主管道。被小人勸他回去了。經濟听了。記在心內。安撫王六兒毋子放心。有我哩。不妨事。你毋子只情住着。我家去自有處置。主管筭了利錢銀兩。遞與他。打發起身上馬。伴當跟隨。打着馬走。劉二走赶進城來。天已昏黑。心中甚惱。到家見了春梅。交了利息銀兩。歸入房中。一宿無話。到次日。心心念念。要告春梅說。展轉尋思。且住。等我慢慢。尋張勝那厮。幾件破綻。亦發教我姐姐。對老爺說了。斷送了他性命。叵耐這幾次在我身上欺心。敢說我是他尋得來。知我根本出身。量視我。禁不得他。正是

冤仇還報當如此　機會遭逢莫遠圖
踏破鉄鞋無覓處　得來全不費工夫

一日經濟來到河下酒店內。見了愛姐毋子。說外日吃驚。又問

陸主管道。劉二那廝不曾走動。陸主管道。自從那日去了。再不曾來。又問韓愛姐。那何官人也没來行走。這經濟吃了飯。算畢帳目。不免又到愛姐樓上。兩個叙了回衷腸之話。幹訖一度出來。因閑中吁過量酒陳三兒。近前如此這般。打听府中張勝。和劉二兇庄破綻這陳三兒。千不合。萬不合。說出張勝包占着府中出來的雪娥。在酒家店做表子。劉二又怎的各處巢窩。加三討利。擧放私債。竊逞老爺們壞事。這經濟一口听記在心。又與了愛姐二三兩盤纏。和主管算了帳目。包了利息銀兩。作別騎頭口來家。閑話休題。一向懷意在心。一者也是冤家相湊。二來合當禍這般起來。不料東京朝中徽宗天子。見大金人馬犯邊搶至腹內地方。聲息十分緊急。天子慌了。與大臣計議。差官往

此國講和。情願每年輸納歲幣金銀彩帛數百萬。一面傳位與
太子登基。改宣和七年為靖康元年。宣帝號為欽宗皇帝在位
徽宗自稱太上道君皇帝。退居龍德宮。朝中陞了李綱為兵部
尚書。分部諸路人馬。种師道為大將。總督內外宣務。一日降了
一道敕書來濟南府。守備。陞他為山東都統制。提調人馬一萬。
往東昌府駐扎。會同巡撫都御史張叔夜。防守地方。阻當金兵
守備正在濟南府衙正坐。忽然左右來報。有朝廷除敕來。請老
爺接旨意。這周守備不敢怠慢。香案迎接敕旨。跪听宣讀。使命
官開讀。其畧曰
奉天承運。皇帝制曰。朕聞文能安邦。武能定國。三皇憑礼樂
而有封疆。五帝用征伐而定天下。爭從順逆。人有賢愚。朕承

祖宗不拔之洪基。

上皇付托之重位。創造萬事惕然悚惧。自古舜征四凶。湯伐有苗。非用兵而不能尅。非威武而莫能安。兵乃家邦爪牙。武定封疆扞禦。茲者中原陸沉。犬羊犯順。遼寇擁兵西擾。金虜控騎南侵。生民塗炭。朕甚憫焉。山東濟南制置使周秀。老練之才。干城之將。屢建奇勳。忠勇茂著。用兵有畧。出戰有方。今陞爲山東都統制。兼四路防禦使。會同山東巡撫都御史張叔夜。提調所部人馬。前赴高陽関防守。听大將种師道分布截殺。安発危之社稷。驅猖獗之腥羶。鳴乎任賢匡國。赴難勤王乃臣子之忠誠。旌善賞功。激揚敵愾。實朝廷之大典。名殫厥忠。以副朕意。欽哉故諭。〇下書靖康元年秋九月日諭周守備開讀已畢。打發使命官去了。一面叫過張勝李安兩個虞候。近前分付。先押兩車箱馱行李細軟器物家去。原來在濟南做了一年官職。也撰得巨萬金銀。都裝在行李馱箱內。委托二人。押到家中。交割明白。晝夜巡風仔細。我不日會同你巡撫張爺。調領四路兵馬。打清河縣起身。二人當日領了鈞貼打點車輛起身先行。一路無詞。有日到於府中。交割明白。二人晝夜內外巡風。不在話下。却說陳經濟見張勝押車輛來家。守備陞了山東統制。不久將到。正欲把心腹中事。要告訴春梅等守備來家。要發露張勝之事。不想一日因渾家葛翠屏。往娘家回門住去了。他獨自個在西書房寢歇。春梅早辰驀進房中看他。見無了鬟跟隨。兩個就解衣在房內雲雨做一處。不防張勝提着鈴廵風過來。到書院角門外。听見書房內。彷彿有婦人笑語之聲。就把鈴聲按住。慢慢走來窓下竊听。原來春梅在裏面。與經濟交姤。听得經濟告訴春梅說。叵耐張勝那厮。好生欺壓於我。說我當初虧他尋得來。幾次在下人前敗壞我。昨日見我在河下開酒店來。一徑使小舅子坐地虎劉二。專一倚逞他在姐夫麾下。在那里開巢窩。放私債。把去雪娥隱占在外姦宿。只瞞了姐姐一人眼目。昨日教他小舅子劉二。打我酒店來。把酒客都打散了。我幾次含忍。不敢告姐姐說。趂姐夫來家。若不早說知。往後我定然不敢往河下做買賣去了。春梅听了說道。這厮恁般無禮。雪娥那賊人賣了。他如何又留住在外。經濟道。他非是欺壓我。就是欺壓姐姐一般。春梅道。等他爺來家。交他定結果

了這厮。常言道隔墻須有耳窗外豈無人。兩個只管在內說。却
不知張勝窗外。听了個不亦樂乎。口中不言。心內暗道。此時教
他算計我們。我先算計了他罷。一面撇下鈴。走到前邊班房內。
取了把解腕鋼刀。說時遲。那時快。在石上磨了兩磨。走入書院
中來。不想天假其便。還春梅不該死於他手。忽被後邊小丫鬟
蘭花兒。慌慌走來。叫春梅報說。小衙內金哥兒。忽然風搐倒了。
快請奶奶看去。諕的春梅兩步做來一步走。奔入後房中。看孩
兒去了。剛進去了。那張勝提着刀子。逕奔到書房內。不見春梅。
只見經濟睡在被窩內。見他進來。叫道阿呀。你來做甚麼。張勝
怒道。我來殺你。你如何對淫婦說。倒要害我。我尋得你來不是
了。反恩將仇報。常言黑頭虫兒不可救。救之就要吃人肉。休走。

吃我一刀子。明年今日是你死忌。那經濟光赤條身子。沒處躲。摟着被。吃他拉被過一邊。向他身就扎了一刀子來。扎着軟肋。鮮血就邈出來。這張勝見他掙扎。復又一刀去。攮着胷膛上。動旦不得了。一面揪着頭髮。把頭割下來。正是三寸氣在千般用。一日無常萬事休。可憐經濟青春不上三九。死於非命。張勝提刀。逵屋裏床背後尋春梅不見。大拔步逕望後廳走。走到儀門首。只見李安背着牌鈴。在那里巡風。一見張勝兇神也似。提着刀跑進來。便問那里去。張勝不答。只顧走。被李安攔住張勝。就向李安截一刀來。李安冷笑。說道我叔叔有名山東夜叉李貴。我的本不用借。早飛起右脚。只听忒楞的一聲。把手中刀子踢落一邊。張勝急了。兩個就揪採在一處。被李安一個潑脚。跌番在地。解下腰間纏帶。登時搠了。攘的後廳。春梅知道。說張勝持刀入內。小的拏住了。那春梅方救得金哥。却甦着。听言大驚失色。走到書院內。經濟已被殺死在房中。一地鮮血横流。不覺放聲大哭。一面使人報知渾家葛翠屏。慌奔家來。看見經濟殺死。哭倒在地。不省人事。被春梅扶救甦省過來。拖過屍首。買棺材裝殯。把張勝墩鎖在監內。单等統制來家。處治這件事。那消數日期程。軍情事務緊急。兵牌來催促。周統制調完各路兵馬。張巡撫又早先往東昌府。那里等候取齊。統制到家。春梅把殺死經濟一節說了。李安將兇器放在面前。跪禀前事。統制大怒。坐在廳上。提出張勝。也不問長短。喝令軍牢。五棍一換。打一百棍登時打死。隨即馬上。差旗牌快手。往河下捉拏坐地虎劉二。鎖解前來。孫雪娥見拏了劉二。恐怕拏他。走到房中。自縊身死。旗牌拏劉二到府中。統制也分付打一百棍。當日打死。烘動了清河縣。大鬧了臨清洲。正是平生作惡欺天。今日上蒼報應。有詩為証

為人切莫用欺心　舉頭三尺有神明
若還作悪無報應　天下兇徒人食人

當時統制打死二人。除了地方之害。分付李安將馬頭大酒店。還歸本主。把本錢收筭來家。分付春梅在家。與經濟做斋累七。打發城外永福寺。擇吉日葬埋。留李安周義看家。把周忠周仁。帶去軍門答應。春梅晚夕。與孫二娘置酒送餞。不覺簇地兩行淚下。說相公此去。未知幾時囘還。出戰之間。須要仔細。番兵猖

獗不可輕敵統制道你每自在家淸心寡慾。好生看守孩兒。不必憂念。我旣受朝廷爵祿。盡忠報國。至於吉凶存亾。付之天也囑付畢。過了一宿。次日軍馬都在城外屯集等候。統制起程果然人馬整齊。但見

綉旗飄號帶。畫鼓間銅鑼。三股叉。五股叉。燦燦秋霜。六花鎗。點銅鎗。紛紛瑞雪。蠻牌引路。强弓硬弩當先。火炮隨車。大斧長刀在後。鞍上將。似南山猛虎。人人好鬪偏爭。坐下馬。如北海蛟虬。騎騎能爭敢戰。端的刀鎗流水急。果然人馬撮風行。

當下一路無詞。有日哨馬。來報說不可前進。馬哨東昌府下達統制差一面令字藍旗。把人馬屯城外。我報進城。巡撫張叔夜听見周統制人馬來到。與東昌府知府達天道。出衙迎接。至公

廳敘礼坐下。商議軍情。打听聲息緊慢。駐馬一夜。次日人馬早行。往關上防守去了。不在話下。却表韓愛姐毋子。在謝家楼店中。听見經濟已死。愛姐晝夜只是哭泣。茶飯都不吃。一心只要往城內統制府中。見經濟屍首一見。死了也甘心。父毋旁人。百般勸解不從。韓道國無法可處。使八老往統制府中。打听經濟灵柩已出了殯。埋在城外永福寺內。這八老走來回了話。愛姐一心只要到他墳上燒帋。哭一場。也是和他相交一場。做父毋的。只得依他。顧了一乘轎子。到永福寺中。問長老葬於何處。長老令沙彌。引到寺後。新墳堆。便是。這韓愛姐下了轎子。到墳前點着紙錢。道了萬福。叫聲親郎。我的哥哥。奴實指望我你。同諧到老。誰想今日死了。放聲大哭。哭的昏暈倒了。頭撞於地下。就

奔過去了。唬了韓道國和王六兒。向前扶救。大姐姐叫不應。越
發慌了。只見那日是塋了三日。春梅與渾家葛翠屏。坐着兩乘
轎子。伴當跟隨。抬三牲祭物來。與他煖墓燒帋。看見一個年小
的婦人。穿着縞素。頭戴孝髻。哭倒在地。一個男子漢。和一中年
婦人摟抱他。扶起來又倒了。不省人事。乞了一驚。因問那男子
漢是那里的。這韓道國夫婦。向前施禮。把從前已往話。告訴了
一遍。這個是我的女孩兒韓愛姐。春梅一聞愛姐之名。就想起
昔日曾在西門慶家中會過。又認得王六兒。韓道國悉把東京
蔡府中出來一節。說了一遍。女孩兒曾與陳官人有一面相交
不料奔了。他只要來墳前見他一見。燒帋錢。不想到這里又哭
倒了。當下兩個救了半日。這愛姐吐了口粘痰。方纔甦省。尚哽

咽哭不出声來。痛哭了一場。起來與春梅翠屏。揷燭也似磕了四個頭。說道。奴與他雖是露水夫妻。他與奴說山盟言海誓。情深意厚。實指望和他同諧到老。誰知天不從人願。一旦他先死了。撇得奴四脯着地。他在日曾與奴一方吳綾帕兒上有四句情詩。知道宅中有姐姐。奴願做小。倘不信。向袖中取出吳綾帕兒來。上面寫詩四句。春梅同蕙翠屏看了。詩云

吳綾帕兒織廻紋　洒翰揮毫墨跡新
寄與多情韓五姐　永諧鸞鳳百年情

愛姐道。奴也有個小小鴛鴦錦囊。與他佩帶在身邊。兩面都扣綉着並頭蓮。每朶蓮花瓣兒。一個字兒寄與情郎隨君膝下。春梅便問翠屏。怎的不見這個香囊。翠屏在他褯子上拴着。不是

奴替他裝殮在棺槨內了。當下祭畢。讓他毋子到寺中。擺茶飯與他吃了些飯食。做父母的。見天色將晚。催促他起身。他只顧不思動身。一面跪着春梅葛翠屏哭說。情愿不歸父母。同姐姐守孝寡居。也是奴和他恩情一場。話是他妻小。死傍他鬼灵。那翠屏只顧不言語。春梅便說。我的姐姐。只怕年小青春。守不住。只怕悞了你好時光。愛姐便道。奶奶說那里話。奴既為他雖剮目斷鼻。也當守節。誓不再配他人。囑付他父母。你老公母回去罷。我跟奶奶和姐姐府中去也。那王六兒眼中垂淚。哭道。我承望你養活俺兩口兒到老。纔從虎穴龍潭中。奪得你來。今日倒閃賺了我。那愛姐口裏。只說我不去了。你就留下我到家。也尋了無常。那韓道國。因見女孩兒堅意不去。和王六兒大哭一場酒淚而別。回上臨清店中去了。這韓愛姐同春梅翠屏。坐轎子往府里來。那王六兒一路上悲悲切切。只是捨不的他女兒。哭了一塲。又一塲。那韓道國又怕天色晚了。顧上兩疋頭口。望前趕路。正是

馬遲心急路途窮　身似浮萍類轉蓬
只有都門樓上月　照人離恨各西東

畢竟未知後來如何。且聽下回分解。

第一百回　韓愛姐路遇二搗鬼

普靜師幻度孝哥兒

第一百回

韓愛姐湖州尋父　普靜師薦拔群冤

格言

人生切莫將英雄　術業精粗自不同
猛虎尚然遭惡獸　毒蛇猶自怕蜈蚣
七擒孟獲奇諸葛　兩困雲長羨呂蒙
珎重李安真智士　高飛逃出是非門

話說韓道国與王六兒。歸到謝家酒店內。無女兒。道不得個坐吃山崩。使陳三兒去。又把那何官人來續上。那何官人見他地方中没了劉二。除了一害。依舊又來王六兒家行走。和韓道国商議。你女兒愛姐。已是在府中守孝。不出來了。等我賣盡貨物討了賒帳。你兩口跟我往湖州家去罷。省得在此做這般道路。那韓道国說。官人下顧。可知好哩。一日賣盡了貨物。討上賒帳顧了船同王六兒跟往湖州去了。却表愛姐在府中。與葛翠屏兩個持貞守節。姊妹稱呼。甚是合當着。白日裏與春梅做伴兒在一處。那時金哥兒大了。年方六歲。孫二娘所生玉姐。年長十歲相伴兩個孩兒。便有甚事做。誰知自從陳經濟死後。守備又出征去了。這春梅每日珍羞百味。綾錦衣衫。頭上黃的金。白的銀。圓的珠。光照的無般不有。只是晚久難禁。獨眠孤枕。慾火燒心。因見李安一條好漢。只因打殺張勝。巡風早晚十分小心。一日冬月天氣。李安正在班房內上宿。忽听有人敲後門。忙問道是誰。只聞叫道。你開開門則個。李安連忙開了房門。却見一個人搶入來閃身在燈光背後李安看時却認的是養娘金匱李安道養娘你這晚來有甚事金匱道不是我私來裏邊奶奶差出我們來李安道奶奶教你來怎麽金匱笑道你好不理會得看你瞧了不曾教我把一件物事來與你向背上取下一包衣服把與你包內又有幾件婦女衣服與你娘前日多累你押解老爺行李車輛又救得奶奶一命不然也乞張勝那厮殺了說畢留下衣服出門走了兩步又回身道還有一件要緊的又取出一定五十兩大元寶來撇與李安自去了當夜過了一宿次早起來逕拏衣服到家與他母親做娘的問道這東西是那里的李安把夜來事說了一遍做母的听言叫苦當初張勝幹壞了事一百棍打死他今日把東西與你却是甚麽意思我今六十

巴上年紀。自從沒了你爹爹。滿眼只看着你。若是做出事來。老身靠誰。明早便不要去了。李安道。我不去。他使人來叫。如何荅應。婆婆說。我只說你感冒風寒病了。李安道。終不成不去。惹老爺不見怪麽。做娘的便說。你且投到你叔叔山東夜义李貴那里。住上幾個月。再來看事故何如。這李安終是個孝順的男子。就依着娘的話。收拾行李。往青州府投他叔叔李貴去了。春梅以後見李安不來。三四五次使小伴當來叫。婆婆初時荅應。家中染病。次後見人來驗看。纔說往原籍家中打盤纏去了。這春梅。終是惱恨在心不題。時光迅速。日月如梭。又早臘月盡陽回。正月初旬天氣。統制領兵一萬二千。在東昌府屯住巳久。使家人周忠稍書來家。教搬取春梅。孫二娘并金哥玉姐。家小上車

止留下周忠。東庄上請你二爺看守宅子。原來統制還有個族
弟周宣。在庄上住。周忠在府中。與周宣葛翠屏韓愛姐看守宅。
周仁與衆軍牢。保定車輛往東昌府來。此這一去。不爲名誰故
土。爭知此去少回程。有詞一篇。单道這周統制。果然是一員好
將材。當此之時。中原蕩掃。志欲吞胡。但見
四方盜起如屯蜂狠烟。烈焰薰天紅。將軍一怒。天下自心腥
膻掃盡。夷從風公事怠私愿已久。此身許國不知有。金戈抑
日。酬戰征。麒麟圖畫功爲首。鴈門関外秋風烈。鐵衣披張卧
寒月。汗馬卒勤二十年。羸得班班鬓如雪。天子明見萬里餘。
幾番勞勣來旌書。肘懸金印大如斗。無負堂堂七尺軀。
有日周仁押家眷車輛。到於東昌。統制見了春梅。孫二娘。金哥。

玉姐衆丫鬟家小。都到了。一路平安。心中大喜。就在統制府衙後廳居住。周仁悉把東庄上。叫了二爺周宣來宅。同小的老子周忠。看守宅舍。周統制又問。怎的李安不見。春梅道。又題甚李安那廝。我因他捉獲了張勝。好意賞了他兩件衣服。與他娘穿。他到晚夕巡風。進入後廳。把他二爺。東庄上收的籽粒銀一包五十兩。放在明間卓上。偷的去了。幾番使伴當叫他。只是推病不來。落後又使叫去。他躲的上青州原藉家去了。統制便道。這廝我倒看他。原來這等無恩。等我慢慢差人拏他去。這春梅不題。起韓愛姐之事。過了幾日。春梅見統制日遂理論軍情。幹朝庭國務。焦心勞思。日中尚未暇食。至於房幃色慾之事。久不沾身。因見老家人周忠次子周義。年十九歲。生的眉清目秀。眉來眼去。兩個睹地私通。就构搭了。朝朝暮暮。兩個在房中。下棋飲酒。只滿過統制一人不知。一日不想北國大金皇帝。滅了遼國。又見東京欽宗皇帝登基。集大勢番兵。分兩路寇乱中原。大元帥粘没喝。領十萬人馬出。山西太原府并陞道。來搶東京。副元帥幹離不。由檀州來搶高陽關。邊兵抵擋不住。慌了兵部尚書李綱。大將种帥道。星夜火牌羽書。分調山東山西。河南河北關東陝西。分六路統制人馬。各依要地防守截殺。那時陝西。劉延慶。領延綏之兵。關東王禀。領汾絳之兵。河北王煥領魏傳之兵。河南辛興宗。領彰德之兵。山西楊惟忠。領澤潞之兵。山東周義。領青兗之兵。却說周統制見大勢番兵。來搶邊界。兵部羽書大牌星火來。連忙整率人馬。全裝披掛。兼道進兵。比及哨馬到高陽関上。金國斡離不由人馬已搶進関來。殺死人馬無數。正值五月初旬。交陣堵截黄沙四起大風迷目。統制提兵進赶。不防被活立兇馬反攻。没轍一箭。正射中咽喉。隨馬而死。衆番將就用鈎索搭去。被這邊將士向前。僅搶屍首馬戴而還。所傷軍兵無數。可憐。周統制。一旦陣亡。亡年四十七歲。正是於家爲國忠良將。不辨賢愚血染沙。古人意不盡。作詩一首以嘆之日。

勝敗兵家不可期　要危端自命爲之
出師未捷身先喪　落日江流不勝悲

又鷓鴣天一首

定國安邦美丈夫　心存正道氣吞胡
謨謀國事媍家事　軍用陰符佩虎符

胡騎盛　武功弛　兵不用命將驕痴

可憐身歿沙場內　千載英魂恨未舒

巡撫張叔夜。見統制折於陣上。連忙鳴金收軍。查點折傷士卒。退守東昌。星夜奏朝庭。不在話下。部下卒載屍首還到東昌府。春梅合家大小。號哭動天。合棺木盛殮。交割了兵符印信。一日春梅。與家人周仁。發喪載靈柩歸清河縣。不題。話分兩頭。单表葛翠屏與韓愛姐自從春梅去後。兩個在家。清茶淡飯守節持貞。過其日月。正值春盡夏初天氣。景物鮮明。日長針指困倦。姊妹二人閑中徐步到西書院花亭上。見百花盛開。鶯啼燕語。觸景傷情。葛翠屏心還坦然。這韓愛姐一心只想念男兒陳經濟大官人。凡事無情無緒。睹物傷悲。口是心苗形吟咏者有詩數

首爲証

花開靜院日初晴　深鎖重門白晝清

翠屏先道　倒倚銀屏春睡醒　綠槐枝上一聲鶯

春事闌珊首夏時　弓鞋款款出簾遲

愛姐道　晚來悶倚粧臺立　巧畫蛾眉爲阿誰

紅綿掩鏡照窓紗　畫就雙蛾八字斜

翠屏又道　蓮步輕移何處去　堦前笑折石榴花

雪爲容貌玉爲神　不遣風流涴此身

愛姐道　顧影自憐還自惜　新粧好好爲何人

莎草連綿厚似毡　榆莢遍地亂如錢

翠屏道　誰知蕩子多輕薄　沉醉終朝花下眠

愛姐道

亂愁依舊鎖翠峯　爲甚年來瞧悴容
離別終朝寬耿耿　碧霄無路得相逢

姊姊兩個吟詩已畢。不覺潸然淚下。二爺周宣走來。勸道。你姊妹兩個。少要煩惱。須索解嘆省過罷。我連日做得夢。有些不吉。夢見一張弓。掛在旗竿上。旗竿折了。不知是凶是吉。韓愛姐道。倒只怕老爺邊上有些說話。正在猶疑之間。忽見家人周仁。掛着一身孝。荒荒張張。走來報道禍事。老爺如此這般。五月初七日。在邊關上陣亡了。大奶奶二奶奶。家眷載着灵車。都來了。慌了二爺周宣。收拾打掃前所乾淨。停放灵柩。擺下祭祀。合家大小哀號起來。一面做齋累七。僧道念經。金哥玉姐。披麻帶孝。弔客往來。擇日出殯。安塟於祖塋。俱不必細說。却說二爺周宣。引着六歲金哥兒。行文書申奏朝廷討祭塟襲替祖職。朝廷各降兵部覆題。引奏已故統制周秀。奮身報國。没於王事。忠勇可加遣官諭祭一壇。墓頂追封都督之職。伊子照例優養。出幼襲替祖職。這春梅在内頤養之餘。淫情愈盛。常留周義在香閣中。鎮日不出。朝來暮往。淫慾無度。生出骨蒸癆病症。逐日吃藥。減了飲食。消了精神。體瘦如柴。而貪淫不已。一日過了他生辰。到六月伏暑天氣。早辰晏起。不料他摟着周義在床上。一泄之後。鼻口皆出凉氣。淫津流下一窪口。就嗚呼哀哉。死在周義身上。亡年二十九歲。這周義見没了氣兒。就慌了手脚。向箱内抵盗了些金銀細軟。帶在身邊。逃走在外。丫鬟養娘。不敢隱匿。報與二爺周宣得知。把老家人周忠鎻了。押着抓尋周義。可要作惟。正走在城外他姑娘家投住。一條索子。拴將來。已知其情恐揚出醜去。金哥久後不好襲戢。拏到前廳。不由分說打了四十大棍。卽時打發。把金哥與孫二娘看養。一面發喪於祖塋。與統制合塟畢。房中兩個養娘并海棠月桂。都打發各尋投向嫁人去了。止有葛翠屏與韓愛姐再三勸他。不肯前去。一日不想大金人馬。搶了東京汴梁。太上皇帝。與靖康皇帝。都被虜上北地去了。中原無主。四下荒亂。兵戈匝地。人民逃竄。黎庶有塗炭之哭。百姓有倒懸之苦。大勢番兵。已殺到山東地界。民間夫逃妻散。鬼哭神號。父子不相顧。葛翠屏已被他娘家領去。各逃生命。止丟下韓愛姐。無處依倚。不免收拾行裝。穿着隨身慘淡衣衫。出離了清河縣前。往臨清找尋他父母。到臨清謝家店。店也關閉。主人也走了。不想撞見陳三兒。三兒說。你父母去年時就跟了何官人往江南湖州去了。這韓愛姐一路上懷抱月琴。唱小詞曲。往前抓尋父母。隨路飢食渴飲。夜住曉行。忙忙如喪家之犬。急急似漏網之魚。弓鞋又小。萬苦千辛。行了數日。來到徐州地方。天色晚來。投在孤村裏面。一個婆婆。年記七旬之上。頭綰兩道雪鬓。挽一窩絲。正在皂上杵米造飯。這韓愛姐便向前道了萬福。告道奴家。是清河縣人氏。因為荒亂。前往江南投親。不期天晚。權借婆婆這里投宿一宵。明早就行。房金不少。那婆婆只顧觀看這女子。不是貧難人家婢女。生的舉止典雅。容貌非俗。但見

烏雲不整。惟思昔日家豪。眉歛遠山。為憶當年富貴。此夜月

朦雲霧瑣。牡丹花被土沉埋。

婆婆道。既是投宿。娘子請炕上坐。等老身造飯。有幾個挑河夫子來吃。那老婆婆炕上柴皂登時做出一大鍋稗稻插荳子乾飯。又切了兩大盤生菜。撮上一包鹽。只見幾個漢子。都蓬頭精腿。裩褌兜襠。腳上黃泥。流進來。放下荷鍬鐝。便問道。老娘有飯也未。婆婆道。你每自去盛吃。當下各取飯菜。四散。正吃。只見內一人。約三十四五年紀。紫面黃髮。便問婆婆。這炕上坐的是甚麼人。婆婆道。此位娘子。是清河縣人氏。前往江南尋父母去。天晚在此投宿。那人便問娘子。你姓甚麼。愛姐道。奴家姓韓。我父親名韓道國。那人向前扯住問道。姐姐。你不是我姪女韓愛姐麼。那愛姐道。你倒好似我叔叔韓二。兩個抱頭相哭。做一處。因

問你爹娘在那里你在東京如何至此這韓愛姐一五一十從
頭說了一遍因我嫁在守備府里丈夫没了我守寡到如今我
爹娘跟了何官人往湖州去了我要我尋去荒亂中又没人帶
去胡亂单身唱詞覓些衣食前去不想在這里撞見叔叔那韓
二道自從你爹娘上東京我没營生過日把房兒賣了在這里
挑河做夫子每日覓碗飯吃既然如此我和你往湖州尋你爹
娘去愛姐道若是叔叔同去可知好哩當下也盛了一碗飯與
愛姐吃愛姐吧了一口見粗飯不能咽只吧了半碗就不吃了
一宿晚景休題過到次日天明衆夫子都去了韓二交納了婆
婆房錢領愛姐作辭出門望前途所進那韓愛姐本來嬌嫩弓
鞋又小身邊帶着些細軟釵梳都在路上零碎盤纏將到淮安

上船。迤里望江南湖州來。非止一日。抓尋到湖州何官人家。尋着父母相會見了。不想何官人已死。家中又没妻小。止是王六兒一人。丟下六歲女兒。有幾頃水稻田地。不上一年。韓道國也死了。王六兒原與韓二舊有楂兒。就配了小叔。種田過日。那湖州有富家子弟。見韓愛姐生的聰明標致。多來求親。韓二再三教他嫁人。愛姐割髮毀目。出家為尼姑。誓不再配他人。後年至三十二歲。以疾而終。正是

貞骨未歸三尺土　怨魂先徹九重天

後韓二與王六兒。成其夫婦。情受何官人家業田地。不在話下。

却說大金人馬。搶過東昌府來。看看到清河縣地界。只見官吏逃亡。城門晝閉。人民逃竄。父子流亡。但見烟生四野。日蔽黃沙。

封豕長蛇。互相吞併。龍爭虎鬥。各自爭強。皂幟紅旗。布滿郊野。男啼女哭。萬戶驚惶。番軍虜將。一似蟻聚蜂屯。短劍長鎗。好似森林密竹。一處處死屍骸橫。三豎四。一攢攢折刀斷劍。七斷八截。個個攜男抱女。家家閉戶關門。十室九空。不顯鄉村城郭。獐奔鼠竄。那存禮樂衣冠。正是得多少宮人紅袖泣。王子白衣行。

那時西門慶家中吳月娘。見番兵到了。家家都關鎖門戶。亂攛逃去。不免也打點了些金珠寶玩。帶在身邊。那時吳大舅已死止同吳二舅玳安兒小玉。領着十五歲孝哥兒。把家中前後都倒鎖了。要往濟南府投奔雲離守。一來那里避兵。二者與孝哥完就其親事去。一路上只見人人荒亂。個個驚駭。可憐這吳月娘。穿着隨身衣裳。和吳二舅男女五口。雜在人隊裏。挨出城門到於郊外。往前所行到於空野十字路口。只見一個和尚。身披紫褐袈裟。手執九環錫杖。脚靸芒鞋。肩上背着條布袋。袋内裹着經典。大移步迎將來。與月娘打了個問訊。高聲大叫道。吳氏娘子。你往那里去。還與我徒弟來。諕月娘大驚失色。說道師父你問我討甚麽徒弟。那和尚又道。娘子你休推睡里夢里。你曾記的十年前。在岱岳東峯。被殷天錫。赶到我山洞中投宿。我就是那雪洞老和尚。法名普靜。你許下我徒弟。如何不與我。吳二舅便道。師父出家人。如何你不近道。此是荒亂年程。亂攛逃生。他有此孩兒。久後還要接代香火。他肯捨與你出家去。和尚道你真個不與我去。吳二舅道。師父你休閑說。悮了人去路兒。後面只怕番兵來到。朝不保暮。和尚道。你旣不與我徒弟。如今天色巳晚。也走出路去。番人且來不到此處。你且跟我到這寺中歇一夜。明早去罷。吳月娘問師父。是那寺中。那和尚用手只一指兒。那路旁便是。和尚引着。不想來到永福寺。吳月娘認的是永福寺。曾走過一遍此及來到寺中。長老僧衆。都走去大半。止有幾个禪和尚。在後邉禪堂中打坐。佛前點着一大盞瑠璃海燈。燒着一爐香。此時日啣山時分。但見

十字街。熒煌燈火。九曜廟。香靄鐘聲。一輪明月掛青天。幾點疎星明碧落。六軍宮内。嗚嗚畫角頻吹。五鼓樓頭。點點銅壺正滴。四邉宿霧。紛紛罩舞榭歌臺。三市沉烟。隱隱閉綠窗朱戶。兩兩佳人歸綉閣。雙雙士子掩書幃。

當晚吳月娘與吳二舅玳安。小玉。孝哥兒。男女五口兒。投宿在

寺中方丈內。小和尚有認的。安排了些飲食。與月娘等吃了。那
普靜老師。跏趺在禪堂床上。敲木魚。口中念經。月娘與孝哥兒。
小玉在床上睡。吳二舅。和玳安做一處。着了慌亂。辛苦了。底人。
都睡着了。止有小玉。不曾睡熟。起來在方丈內。打門縫內。看那
普靜老師父念經。看看念至三更時。只見金風淒淒。斜月朦朦。
人烟寂靜。萬籟無聲。覷那佛前海燈。半明不暗。這普靜老師見
天下荒亂。人民遭刼。陣亡橫死者數極多。發慈悲心。施廣惠力。
禮白佛言世尊解寃經呪。薦拔幽魂。解釋宿寃。絕去掛碍。各去
超生。再無留滯。於是誦念了百十遍解寃經呪。少頃陰風淒淒。
冷氣颼颼。有數十輩焦頭爛額。蓬頭泥面者。或斷手折臂者。或
有刳腹剜心者。或有無頭跛足者。或有弔頸枷鎖者。都來悟領

禪師經咒。列於兩旁。禪師便道你等衆生。寃寃相報。不肯解脫。
何日是了。汝當諦聽吾言。隨方托化去罷。偈曰

勸爾莫結寃　寃深難解結　一日結成寃
千日解一徹　若將寃報寃　如湯去潑雪
若將寃報寃　如狼重見蝎　我見結寃人
盡被寃磨折　我見此懺悔　各把性悟徹
照見本來心　寃愆自然雪　仗此經力深
薦拔諸惡業　汝當各托生　再勿將寃結
改頭換面輪迴去　來世機緣莫再攀

當下衆人都拜謝而去。小玉竊看。都不認的。少頃又一大漢進來。身七尺。形容魁偉。全裝貫來。胷前閃着一矢箭。自稱統制周

秀。因與番將對敵折於陣上。今蒙師薦拔。今往東京托生。與沈
鏡為次子。名為沈守善去也。言未已。又一人素體榮身。口称是
清河縣富戶西門慶。不幸溺血而死。今蒙師薦拔。今往東京城
內。托生富戶沈通為次子沈鉞去也。小玉認的是他爹。諕的不
敢言語。已而又有一人提着頭。渾身皆血。自言是陳經濟。因被
張勝所殺。蒙師經功薦拔。今往東京城內。與王家為子去也。已
而又見一婦人也。提着頭。胷前皆血。自言奴是武大妻。門慶之
妾潘氏是也。不幸被仇人武松所殺。蒙師薦拔。今往東京城內
黎家為女。托生去也。已而又有一人身軀矮小。面背青色。自言
是武植。因被王婆唆潘氏下藥吃毒而死。蒙師薦拔。今往徐州
落鄉民范家為男。托生去也。已而又有一婦人。面皮黃瘦。血水

淋漓。自言妾身李氏。乃花子虛之妻。西門慶之妾。因害血山崩
而死。蒙師薦拔。今往東京城內袁指揮家。托生爲女去也。已而
又一男。自言花子虛。不幸被妻氣死。蒙師薦拔。今往東京鄭千
戶家托生爲男。已而又見一女人頸纏脚帶。自言西門慶家人
來旺妻宋氏。自搤身死。蒙師薦拔今往東京朱家爲女去也。已
而又一婦人面黄肌瘦。自稱周統制妻龐氏春梅。因色癆而死。
蒙師薦拔。今往東京與孔家爲女。托生去也。已而又一男子裸
形披髮。渾身杖痕。自言是打死的張勝。蒙師父薦拔。今往東京
大興衛。貧人高家爲男去也。已而又有一女人項上纏着索子。
自言西門慶孫雪娥。不幸自搤身死。蒙師薦拔。今往東京城外。
貧民姚家爲女去也。已而又一女人。年小項纏脚帶。自言西門

慶之女。陳經濟之妻。西門大姐是也。不幸亦自縊身死。蒙師薦拔。今往東京城外。與潘役鍾貴爲女。托生去也。已而又見一小男子自言周義。亦被打死。蒙師薦拔。今往東京城外高家爲男。名高留住兒。托生去也。言畢各恍然都不見。小玉諕的戰慄不已。原來這和尚。只是和這些鬼說話。正欲向床前告訴與月娘。不料月娘睡得正熟。一靈真性同吳二舅衆男女。身帶着一百顆胡珠。一柄寶石絛環。前往濟南府。投奔親家雲離守那里避兵。就與孝哥完成親事。一路饑食渴飲。夜住曉行。到於濟南府。問一老人雲參將住所在於何處。老人指道。此去二里餘地。名靈壁寨。一邊臨河。一邊是山。這靈壁寨就在城上屯聚。有一千人馬。雲參將就在那里。做知寨。月娘五口兒到寨門通報進去。雲參

将听見月娘遂親來了。一見如故。叙畢禮數。原來新近沒了娘
子。央浼隣舍王婆婆來。陪待月娘。在後堂酒飯。甚是豐盛。吴二
舅玳安。另在一處管待。因說起避兵來就親之事。因把那百顆
胡珠。寶石縧環。敎與雲離守。權爲茶礼。雲離守收了。並不言其
就親之事。到晚又敎王婆陪月娘一處歇臥。将言說念月娘。以
挑探其意。說雲離守。雖是武官。乃讀書君子。從割衫襟之時。就
留心娘子。不期夫人沒了。縣居至今。今據此山城。雖是任小。上
馬管軍。下馬管民。生殺在於掌握。娘子若不棄願成伉儷之歡。
一雙兩好。令郎亦得諧秦晋之配。等待太平之日。再回家去不
遅。月娘听言。大驚失色。半晌無言。這王婆回報雲離守。次日晚
夕。置酒後堂。請月娘吃酒。月娘自知他與孝哥兒完親。連忙來

到席前叙坐。雲離守乃言。嫂嫂不知下官在此。雖是山城。管着許多人馬。有的是財帛衣服。金銀寶物。缺少一個主家娘子。下官一向思想娘子。如渴思漿。如熱思凉。不想今日娘子到我這里。與令郎完親。天賜姻緣。一雙两好。成其夫婦。在此快活一世。有何不可。月娘听了。心中大怒。罵道。雲離守。誰知你人皮包着狗骨。我過世丈夫。不曾把你輕待。如何一旦出此犬馬之言。云離守笑嘻嘻。向前把月娘摟住。求告說。娘子你自家中。如何走來我這里做甚。自古上門買賣好做。不知怎的一見你。魂灵都被你攝在身上。没奈何。好歹完成了罷。一面拏過酒來。和月娘吃。月娘道。你前邊叫我兄弟來。等我與他說句話。云離守笑道你兄弟和玳安兒小廝。已被我殺了。郎令左右取那件物事。與娘子看。不一時燈光下血瀝瀝。提了吳二舅玳安兩顆頭來。諕的月娘面如土色。一面哭倒在地。被雲離守向前抱起。娘子不須煩惱。你兄弟已死。你就與我為妻。我一個總兵官。也不玷辱了你。月娘自思道。這賊漢將我兄弟家人害了命。我若不從。連我命也喪了。乃回嗔作喜說道。你須依我。奴方與你做夫妻。云離守道。不拘甚事。我都依。月娘道。你先把我孩兒完了房。我却與你成婚。云離守道。不打緊。一面叫出云小姐來。和孝哥兒推在一處。飲合巹盃。館同心結。成其夫婦。然後拉月娘和他云雨。這月娘却拒阻不肯。被云離守忿然大怒。罵道。賤婦。你哄的我與你兒子成了婚姻。敢笑我殺不得你的孩兒。向床頭隨手而落。血濺數步之遠。正是三尺利刃着頂上。滿腔鮮血濕模糊。月娘見欲所孝哥兒。不覺大叫一聲。不想撒手驚覺。却是南柯一夢。諕渾身是汗。遍體生津。連道恠哉恠哉。小玉在旁。便問奶奶怎的哭。月娘道。適間做得一夢不祥。不免告訴小玉一遍。小玉道。我倒剛纔不曾睡着。悄悄打門縫見那和尚。原來和鬼說了一夜話。剛纔過世俺爹。五娘。六娘。和陳姐夫。周守備。孫雪娥。來旺兒媳婦子。大姐。都來說話。各四散去了。月娘道。這寺後見埋着他每夜靜時分。屈死淹寃。如何不來。娘兒們也不曾說話。不覺五更雞叫。吳月娘梳洗面貌。走到禪堂中。禮佛燒香。只見普靜老師。在禪床上高叫。那吳氏娘子。你如今可省悟得了麼。這月娘便跪下。參拜上告尊師。弟子吳氏。肉眼凡胎。不知師父是一尊古佛。適間一夢中。都已省悟了。老師道。既已省悟。也不消前去。你就去也無過只是如此。倒沒的喪了五口兒性命。合你這兒子。有分有緣。遇着我。都是你平日一點善根所種。不然定然難免骨肉分離。當初你去世夫主西門慶。造惡非善。此子轉身。托化你家。本要蕩散其財本。傾覆其產業。臨死還當身首異處。今我度脫了他去。做了徒弟。常言一子出家。九祖升天。你那夫主冤愆解釋。亦得超生去了。你不信。跟我來。與你看一看。於是扠步來到方丈內。只孝哥兒還睡在床。老師將手中禪杖。向他頭上只一點。教月娘衆人。忽然翻過身來。却是西門慶。項帶沉枷。腰繫鉄索。復用禪杖只一點。依舊還是孝哥兒。睡在床上月娘不覺見了。放聲大哭。原來孝哥兒即是西門慶托生。良久孝哥兒醒了。月娘問他。如今你跟了師父出家。在佛前與他剃頭。摩頂受記。可憐月娘扯住慟哭了一場。乾生受養了他一場。到十五歲指望承家嗣。不想被這個老師幻化去了。吳二舅小玉祇安。亦悲不勝。當下這普靜老師。領定孝哥兒。起了他一個法名。喚做明悟。作辭月娘而去。臨行分付月娘。你們不消往前途去了。如今不久。番兵退去。南北分為兩朝。中原已有個皇帝多不上十日。兵戈退散。地方寧靜了。你每還回家去。安心度日。月娘便道。師父你度托了孩兒去了。甚年何日。我母子再得見面。不覺扯住。放聲大哭起來。老師便道。娘子休哭。兒的那邊又有一位老師來了。哄的眾人扭頸回頭。當下化陣清風不見了。

正是

三降塵寰人不識　倏然飛過岱東峰

不說普靜老師。幻化孝哥兒去了。且說吳月娘與吳二舅衆人在永福寺住了。那到十日光景。果然大金國立了張邦昌在東京称帝。置文武百官徽宗欽宗。两君北去。康王泥馬度江。在建康郎位。是爲高宗皇帝。拜宗澤爲大將。復取山東河北。分爲两朝。天下太平。人民復業。後月娘歸家開了門戶。家產器物都不曾踈失後就把玳安改名做西門安承受家業人称呼爲西門小員外。養活月娘到老。壽年七十歲。善終而亡。此皆平日好善看經之報也有詩爲証

閑閱遺書思惘然　誰知天道有循環
西門豪横難存嗣　經濟顛狂定被殲
樓月善良終有壽　瓶梅淫佚早歸泉

可惟金蓮遭惡報　遺臭千年作話傳

金瓶梅詞話卷之一百回終

聯經出版事業公司景印版